La Belle et la Bête

LE ROMAN DU FILM

Adaptation
de Vanessa Rubio-Barreau
d'après le scénario
de Christophe Gans et Sandra Vo-Anh

GALLIMARD JEUNESSE

Prologue

Cela pourrait être jadis, cela pourrait être demain, cela pourrait être ici, cela pourrait être ailleurs… Comme des millions d'enfants chaque soir, un frère et une sœur, bien au chaud dans leur grand lit, attendent sagement leur histoire.

– Maman, maman, que vas-tu nous lire aujourd'hui ? demande le petit garçon à l'air coquin.

Sous ses cheveux en broussaille, ses yeux pétillent d'une lueur malicieuse. La jeune femme pose un doigt sur ses lèvres et s'assied, un gros volume relié de cuir à la main. Sur la couverture, pas de titre, pas de nom d'auteur… juste une somptueuse rose rouge.

– Sois patient, mon Virgile ! Ouvrez bien grand vos oreilles, les enfants… car c'est une très belle histoire.

– Une histoire de roses ? s'étonne la petite fille aux boucles blondes.

– De roses… et de bien d'autres choses, ma Fanny, répond leur mère. Écoutez…

Chapitre premier

Il était une fois un riche marchand, un homme aimable et courageux qui, depuis la mort de sa chère épouse, ne vivait que pour le bonheur de ses six enfants.

Il avait trois fils : l'aîné, Maxime, grand et fort, était très joueur et prompt à la bagarre. Le second, Jean-Baptiste, préférait la littérature à l'action et passait ses journées plongé dans d'épais recueils. Enfin, le plus jeune, Tristan, était aussi le plus sensible et le plus réfléchi. Le marchand avait également trois filles : les deux plus âgées, Clotilde et Anne, très coquettes, occupaient le plus clair de leur temps à choisir leurs toilettes pour attirer les courtisans. Si les deux aînées avaient une tendance aux caprices, la plus jeune, en revanche, était toujours d'humeur égale, douce et charmante. Elle s'appelait Belle et méritait bien son nom, car elle était parfaite en tous points : ses boucles blondes, ses grands yeux d'un bleu pur, son teint de porcelaine et ses lèvres roses n'avaient besoin d'aucun artifice. Son aimable caractère ne faisait que rehausser sa beauté et, bien qu'il n'osait l'avouer, elle était la préférée de son père.

Le marchand possédait trois navires qui faisaient sa fortune et sa fierté. *La Sirène*, *Le Triton* et *Le Léviathan* sillonnaient les mers du globe, les cales remplies des merveilles dont il faisait commerce.

Mais alors que les bateaux revenaient d'un long périple, une terrible tempête se leva. Des trombes d'eau s'abattirent sur les ponts. Le vent déchira les voiles et brisa les mâts. Tentant de sauver leurs hommes, les capitaines décidèrent d'abandonner leurs vaisseaux. Alors que les marins sautaient à bord de canots de fortune, ils virent fondre sur eux une vague si haute qu'elle semblait toucher le ciel. Les trois navires et leurs cargaisons disparurent, engloutis par les flots. Les trésors scintillants se déposèrent dans les profondeurs froides et glacées de l'océan. Perdus à jamais...

Ruiné, le marchand ne pouvait plus honorer ses commandes ni payer ses fournisseurs. Les huissiers vinrent saisir meubles et bibelots pour rembourser ses dettes. Sans le sou, la famille dut se résoudre à fuir la ville pour s'installer à la campagne. Ils laissaient ainsi derrière eux leur grande demeure, leurs fidèles serviteurs, leurs amis, leurs habitudes, tout ce qui jusqu'ici faisait leur joie.

Quel déchirement ! Maxime enrageait de quitter la ville, ses tavernes et ses aventures. Jean-Baptiste redoutait de ne plus rien avoir à lire au milieu des champs. Quant à Tristan, il n'eut même pas le cœur de dire adieu à ses camarades.

Mais comme vous vous en doutez, ce furent Anne et Clotilde qui en souffrirent le plus. Les deux jeunes filles aimaient tant la vie citadine et les jolies parures que la simple idée de se retrouver isolées au fin fond de la campagne les désolait.

Le jour du départ, elles se postèrent dans l'escalier, bloquant le passage des huissiers.

Alors que l'un d'eux tentait d'emporter une coiffeuse, Anne le menaça en brandissant son éventail :

– Posez ça tout de suite ou je vous crève les yeux.

Les deux sœurs prirent leur pauvre père à parti.

– Papinou, faites quelque chose ! Ces hommes sans cœur nous ont déjà volé toutes nos robes et tous nos bijoux. Maintenant, ils nous prennent notre maison ! s'indigna Clotilde.

D'un geste théâtral, Anne porta la main à son cœur.

– Je ne puis le supporter ! Je me meurs !

Elle se laissa tomber comme une poupée de chiffon. Sa sœur la rattrapa en gémissant :

– Qu'allons-nous devenir ?

– Cessez vos enfantillages, mes filles ! les gronda leur père. Dépêchez-vous, il est temps de partir.

Il arrêta un homme en noir qui s'apprêtait à saisir les maquettes de ses trois bateaux.

– Non, ne touchez pas à cela. Je le garde !

L'huissier haussa les épaules et désigna une table en marbre aux pieds dorés.

– Et ceci ?

Le marchand hocha la tête.

– Oui, allez-y. Servez-vous ! lança-t-il avec amertume. Ce que nous avons de plus précieux, nous l'emportons avec nous !

Puis regardant autour de lui, il fronça les sourcils :

– Où est passée Belle ? Notre calèche nous attend !

Anne se releva, furieuse.

– Belle, toujours Belle ! Il n'y en a que pour elle !

Sans répondre, le marchand partit à la

recherche de sa fille cadette. Il sortit dans la cour où ses fils chargeaient le peu d'affaires qu'ils conservaient dans une carriole.

– Vous n'auriez pas vu Belle, les garçons ? les héla-t-il.

Maxime et Jean-Baptiste posèrent un instant leur fardeau.

– Non, la Belle s'est fait la belle ! répliqua l'aîné d'un ton malicieux.

Puis il souleva à nouveau la malle en râlant :

– Pff ! Elle pèse son poids ! Qu'as-tu donc mis là-dedans ?

– Mes livres, mes cahiers, mes carnets de croquis, expliqua Jean-Baptiste. Je ne pouvais pas les laisser.

– Bah, tu as raison. Si on n'a plus de bois, on pourra toujours les brûler pour se chauffer, plaisanta son frère.

Adèle, la nourrice qui les avait tous élevés, serra Tristan dans ses bras, en lui glissant à l'oreille :

– Veille bien sur ton père, mon petit. Et ne laisse pas Maxime dilapider le peu d'argent qu'il vous reste au jeu. Ça lui sera profitable de quitter la ville et ses mauvaises fréquentations.

Le garçon laissa aller sa tête sur le tablier de sa nourrice en murmurant :

– C'est promis ! Ne t'inquiète pas, tout va bien se passer.

Adèle lui ébouriffa les cheveux. Quel crève-cœur de voir partir ces enfants dont elle avait pris soin comme une mère, surtout Tristan et Belle, les deux derniers.

– Hé, doucement, jeunes filles ! protesta-t-elle.

Une tornade en jupons et dentelles avait bousculé la vieille femme. Anne et Clotilde traversèrent la cour perchées sur leurs bottines à talons pour grimper à bord de la calèche, cachant leur honte derrière leurs éventails. En effet, une foule de badauds s'était attroupée derrière les grilles pour assister à leur départ. Certains jaloux ricanaient de savoir que ces riches bourgeois connaissaient un revers de fortune.

Maxime s'emporta :

– Si j'en prends encore un à glousser, il goûtera à mon poing.

– Mieux vaut les ignorer, lui conseilla Jean-Baptiste.

– Un peu d'action avant d'aller s'enterrer à la campagne, ça ne nous ferait pas de mal ! insista-t-il en levant le poing.

– Je crois qu'au contraire, il vaudrait mieux que tu te fasses un peu oublier...

– Mm, tu as peut-être raison, répondit Maxime, avec une gravité soudaine.

Il venait justement d'apercevoir dans la foule une silhouette familière, coiffée d'un chapeau haut de forme. L'énergumène, flanqué de deux sbires à l'air louche, ne le quittait pas des yeux.

Maxime baissa la tête et s'empressa de s'éloigner en compagnie de son frère.

Ne trouvant nulle trace de sa cadette dehors, le marchand poussa un soupir navré. Il rentra à l'intérieur et parcourut une à une les pièces vides en appelant :

– Belle ! Belle !

En vain.

Il sortit alors par la porte de derrière, qui donnait sur le jardin. Sa plus jeune fille était agenouillée devant une niche de pierre abritant un buste de femme. Elle y déposa une magnifique fleur blanche en murmurant :

– Au revoir, maman. Vous allez me manquer, mais vous resterez dans mon cœur. Voilà une nouvelle vie qui commence pour nous tous.

Son père s'approcha d'elle et lui posa la main sur l'épaule.

– Tu lui ressembles tant, à ta mère, ma Belle.

La jeune fille se leva, le sourire aux lèvres.

– Vous croyez, papa, qu'elle aurait aimé habiter à la campagne ?

– Elle aurait adoré ! affirma-t-il.

– Moi aussi, ça va me plaire. J'en suis sûre.

Il déposa un baiser sur son front.

– Évidemment. Nous sommes fiers et braves, dans la famille. Nous nous serrerons les coudes pour surmonter cette épreuve, comme toujours, ma Belle.

Chapitre deux

Avec plus ou moins de bonheur, la famille s'installa dans une chaumière bien loin de la ville. Il leur fallut quelque temps pour s'habituer à leur nouvelle existence. Les premières nuits, Belle resta éveillée dans son lit, à écouter les bruits de la nature. Comme elle l'avait espéré, elle appréciait le calme et la douceur de la vie à la campagne.

Belle veillait à ce que personne ne manquât de rien. Aidée de ses frères, elle avait arrangé la maison afin d'en faire un refuge accueillant et douillet. Et elle se débrouillait pour cuisiner de bons repas avec les légumes du potager, les herbes du jardin et les volailles qu'elle élevait.

Levant le nez d'une marmite, elle claironna :

– À taaable !

Comme ses sœurs ne venaient pas, elle tendit la cuillère en bois à son frère.

– Tiens, Maxime, touille-moi ce ragoût !

Jean-Baptiste, qui était occupé à écrire son premier roman sur la table de la cuisine, posa un instant sa plume. Il baissa les yeux vers sa petite bedaine en protestant :

– J'ai déjà pris du ventre depuis qu'on est ici !

Tout en remuant la mixture, Maxime répliqua :

– Évidemment, tu passes tes journées à lire et à écrire. Tu n'as pas remarqué ? Tous tes auteurs favoris ont de l'embonpoint !

Pendant ce temps, Belle montait à l'étage en appelant :

– Tristan ! Debout !

Le jeune garçon sortit de sa chambre en trombe, encore tout chiffonné de sommeil.

– Mais c'est qu'il dormait comme un loir ! Allez, il est grand temps de se lever ! le rabroua-t-elle gentiment. Anne ! Clotilde !

Elle passa la tête dans la chambre de ses sœurs.

Assise à sa coiffeuse, Anne chassait les mouches avec sa brosse, tandis que Clotilde, étendue sur son lit, comptait les bâtons qu'elle avait gravés dans le mur, en marmonnant :

– Vingt-neuf... trente... Un mois qu'on est ici, à regarder voler ces maudites bestioles. Nous allons mourir d'ennui...

– ... ou être dévorées par les mouches ! décréta Anne en abattant sa brosse sur la tablette de la coiffeuse.

– Allons, allons... Papa est parti à la ville ce matin, il aura sans doute des histoires amusantes à nous raconter à son retour, les encouragea Belle. En attendant, venez à table !

– Non, Clotilde a ses vapeurs, répondit Anne. Nous préférons manger ici.

– Pas question, je vais vous faire goûter une nouvelle recette ! rétorqua Belle. Et après le déjeuner, je compte sur vous pour m'aider au potager, les filles !

– Plutôt mourir, marmonna Clotilde.

Tandis que Belle s'éloignait dans le couloir, elle soupira :

– Sa bonne humeur perpétuelle me dégoûte ! Il me vient des envies de la noyer dans le puits !

– Et moi de l'enterrer sous ses satanées tomates ! renchérit Anne. Je n'en peux plus des légumes. J'espère que Papinou va nous rapporter des douceurs de la ville !

Après le repas, les six enfants étaient en train de s'activer dans le jardin sous les ordres de Belle, lorsqu'ils virent arriver leur père au galop. Il leur adressait de grands signes, l'air très agité.

La famille au complet se rassembla dans le salon afin d'entendre le récit de sa journée.

Le marchand arpentait la pièce, allant

et venant de la table à la cheminée. Tout sourires, il s'exclama :

– Ah, je peux vous dire qu'ils étaient contents de me revoir aux Affaires maritimes ! Le directeur, Dumont, a été charmant. Il paraît que son aînée a épousé un comte…

Anne et Clotilde pincèrent les lèvres, étouffant un petit cri de jalousie.

– Mais la grande nouvelle…

Leur père s'arrêta pour ménager la surprise. Il caressa du bout des doigts les maquettes de ses trois navires, qu'il avait réussi à sauver des huissiers.

– La grande nouvelle, c'est qu'ils ont retrouvé *La Sirène*, le navire préféré de votre mère ! s'écria-t-il, radieux. Il dérivait le long de la côte, ils l'ont ramené au port !

– Qu'est devenue la marchandise ? s'inquiéta Maxime.

– Intacte ! Mes enfants, je crois que nous sommes sauvés !

Ce fut une véritable explosion de joie dans le salon de la chaumière.

Anne prit sa sœur par la main.

– Viens, allons faire nos bagages ! Oh, et puis non, nous jetterons tout au feu !

Clotilde exécuta quelques pas de danse et sauta au cou de son père.

– Je revis, Papinou ! Je renais !

– Nous ne pouvons décemment pas revenir en ville dans cet état, constata Anne. Il nous faut de nouvelles robes, du parfum…

– Rédigeons une liste ! suggéra Clotilde.

Elles s'éloignèrent, bras dessus, bras dessous, en pépiant :

– À nous, le bon air de la ville !

– La vraie vie, enfin !

Le marchand, la mine soudain plus sérieuse, attira son fils aîné à l'écart.

– Maxime, tu vas venir avec moi pour régler cette affaire. Il est temps que je te présente à Dumont. Quand je me retirerai du commerce, tu prendras ma suite.

– Je ne vous décevrai pas, père, promit Maxime.

Jean-Baptiste, qui écrivait, comme

toujours, leva le nez de son carnet pour s'adresser à Tristan.

– Tu vas retrouver tes amis… et moi, ma chère bibliothèque. Le bonheur !

Seule Belle se tenait en retrait, silencieuse et grave. Elle ne partageait visiblement pas la joie de ses frères et sœurs.

– Et toi, Belle, tu es contente ? lui lança son père.

Elle sortit dans le jardin sans lui répondre.

Lorsque le marchand la rejoignit dehors, il la trouva accroupie dans le potager, sous la lueur flamboyante du soleil couchant.

– Que fais-tu ma Belle ?

Elle se releva, lui cala un énorme potiron au creux des bras, puis se mit à déterrer des carottes.

– Tu boudes ?

– Tiens donc ! bougonna-t-elle. Quand une fille est triste, on dit qu'elle boude. Quand elle est joyeuse, on la dit folle !

Son père secoua la tête.

– Mais comment veux-tu qu'on te comprenne ? Tous les autres sont heureux... sauf toi !

Elle haussa les épaules en s'essuyant les mains sur son tablier de toile épaisse.

– J'aurais juste aimé rester un peu plus longtemps...

– Nous sommes venus dans cette maison cacher notre malheur, la raisonna-t-il. Notre vie n'est pas ici.

Belle se retourna alors, les joues en feu.

– Vous savez comme moi ce qui va se passer... Maxime retrouvera ces voyous qu'il appelle ses amis. Anne et Clotilde iront de soirée en soirée pour se dénicher un mari. Quant à vous, vous serez accaparé par vos affaires !

Le marchand la prit tendrement par les épaules.

– Un jour ou l'autre, nous sommes tous amenés à nous séparer, Belle. Même toi, tu vas grandir, tu auras envie de partir. Pas parce que tu ne nous aimeras plus. Juste parce que tu seras devenue une femme.

Chapitre deux

Belle n'eut pas le temps de répliquer car ses deux sœurs les rejoignirent en gloussant, leurs dentelles et fanfreluches voletant au vent. C'était un jour à marquer d'une pierre blanche, car leurs pieds délicats chaussés de fines bottines ne foulaient que rarement la terre du jardin. Anne agita une liste sous le nez de leur père.

– Voilà les petits cadeaux à nous rapporter ! Du fard grenat, de la poudre de riz...

– De l'eau de violette, des sels pour les nerfs..., enchaîna Clotilde.

– Et pour chacune, une robe de jour, une robe du soir, avec parure et chapeau assortis. Une étole de fourrure, une paire de souliers de satin et une autre de cuir...

La liste continuait ainsi sur toute la page.

– N'oubliez rien surtout, Papinou ! insista Anne. Clotilde le prendrait très mal !

– Combien vont me coûter vos emplettes ? s'étonna leur père.

– Cher, très cher, affirmèrent-elles en chœur.

Les deux aînées partirent d'un fou rire sous le regard atterré de leur jeune sœur.

Le marchand se tourna vers Belle.

– Et toi, que souhaites-tu ?

La jeune fille contempla le jardin baigné de la chaude lueur du couchant, puis elle fixa un carré de terre en friche.

– Rapportez-moi juste une rose, déclara-t-elle simplement. Je n'ai pas réussi à en faire pousser ici.

Anne et Clotilde levèrent les yeux au ciel, agacées par les manières de leur jeune sœur.

Chapitre trois

Le marchand et son fils aîné partirent dès l'aube pour la ville. Ils étaient pleins d'espoir, pensant récupérer les trésors du navire rescapé et reprendre le commerce. Hélas, rien ne se déroula comme ils l'avaient prévu.

Ils trouvèrent *La Sirène* amarrée dans le port. Des nuées de mouettes tournoyaient autour des mâts brisés, poussant leurs cris sinistres. Des marins allaient et venaient afin d'entasser la cargaison sur le quai où les huissiers notaient scrupuleusement le détail des marchandises.

Lorsque Maxime et son père voulurent monter à bord, on les en empêcha :

– Halte-là ! Personne n'est autorisé à interrompre l'inventaire.

– Mais enfin ! C'est mon bateau, tout de même ! protesta le marchand.

– Ne touchez pas à ces caisses ! gronda Maxime. Elles nous appartiennent !

Alerté par le vacarme, Dumont, le directeur des Affaires maritimes accourut en toute hâte.

– Du calme, du calme ! Venez ! Nous allons nous expliquer à l'intérieur.

Il les fit monter dans son bureau qui surplombait le port. Le marchand brisa l'atmosphère feutrée de cette pièce ornée de boiseries et de tapis persans, en explosant, furieux :

– On me traite comme un moins que rien alors que, sans moi, cet endroit ne serait qu'un minuscule port de pêche !

Dumont écarta les mains en signe d'apaisement.

– Vous avez manqué de jugeote, mon

pauvre ami. Vous n'auriez jamais dû signer toutes les lettres de créance. Désormais, ces marchandises appartiennent de droit à ceux auprès de qui vous étiez endetté.

– Et vous laissez faire ! s'indigna le marchand. Ne me prenez pas de haut, Dumont ! Sans doute avez-vous oublié que vous avez obtenu ce poste grâce à moi.

Le directeur le toisa d'un regard froid.

– Auriez-vous perdu votre élégance en même temps que votre fortune, mon cher ?

Maxime, qui était resté en retrait jusque-là, n'y tint plus.

Il saisit Dumont par le col en menaçant :

– Manquez encore de respect à mon père et vous le regretterez.

Le marchand s'interposa :

– Cesse donc de t'emporter ainsi, Maxime. La violence ne résout rien.

Le jeune homme lâcha brusquement le directeur, qui tituba, écarlate.

– Vous ne comprenez donc pas, père ? Vous n'avez plus aucun pouvoir, plus aucune richesse ! Vous jouez les grands seigneurs, alors que vous n'êtes plus rien. Vous me faites pitié !

Et sur ces mots, il prit la fuite, laissant là le marchand abasourdi. Une fois revenu de sa stupeur, ce dernier voulut le rattraper. Il se rua hors du bâtiment des Affaires maritimes en hurlant :

– Maxime ! Maxiiime !

Mais le jeune homme avait disparu dans le dédale des ruelles du port.

Son père partit à sa recherche. Comble de malheur, la neige s'était mise à tomber. La tête rentrée dans les épaules, serrant sous son menton le col de son pardessus, il affronta le blizzard pour écumer ce quartier mal famé.

Croyant reconnaître le nom qui se peignait sur l'enseigne d'une taverne, il s'arrêta devant ses vitres embuées.

Il hésita un instant avant de pénétrer à l'intérieur, n'ayant guère l'habitude de fréquenter ce genre d'établissement.

La plupart des tables étaient occupées par des marins éméchés qui parlaient fort en levant leurs chopes de bière. À l'étage, derrière une balustrade de bois sombre, une jeune femme au teint d'opale contrastant avec sa longue chevelure brune tirait les cartes à un homme balafré.

– Je vois… je vois un torrent d'or, sous une lune en émeraude… Le destin te sourit, Perducas.

Le dénommé Perducas trinqua avec ses compagnons, une troupe bigarrée portant chapeaux à large bord et gros ceinturons de cuir.

– Ah, je vous avais bien dit qu'on allait devenir riches, mes pouilleux !

Pendant ce temps, le marchand se frayait un chemin dans la salle pour s'adresser au tenancier, derrière son comptoir.

– Bonjour, l'ami. Je cherche mon fils. Il me semble qu'il vient souvent chez vous…

L'homme le toisa avec étonnement.

– Un habitué de ce taudis ? Eh bien, je vous plains ! Et il s'appelle comment ?

– Maxime de Beauffremont.

À l'énoncé de ce nom, la taverne entière

se figea. Un silence de mort se fit dans la salle.

– Vous auriez dû parler plus bas, murmura l'aubergiste. Je vais être obligé de vous faire sortir par-derrière.

– Mais… je veux retrouver mon fils !

– Hélas, vous n'êtes pas le seul.

En haut, Perducas posa son verre d'un coup sec sur la table et se leva. Il effleura le cou de la voyante en murmurant :

– Je te laisse, Astrid. Ta beauté et tes présages me font tourner la tête !

– Attends, je n'ai pas fini…

– Désolé, les affaires m'appellent.

Saisissant sa canne et son chapeau haut de forme, il laissa la jeune femme retourner la dernière carte seule, et descendit l'escalier, suivi de près par ses acolytes.

L'aubergiste supplia le marchand :

– Passez vite derrière le comptoir !

Trop tard. Perducas et sa bande l'avaient déjà encerclé. Le jeune malfrat fit tournoyer sa canne.

– Monsieur de Beauffremont ! Quelle

coïncidence ! Des mois que je cherche Maxime... et voilà que je tombe sur son vieux père.

Droit et digne, le marchand lui tint tête.

– Je n'ai point l'honneur de vous connaître, il me semble... vous êtes ?

Ôtant son chapeau, le bandit s'inclina bien bas.

– Perducas, pour vous servir ! Vous me vexez, je me croyais pourtant célèbre dans toute la ville. Mais il est vrai que vous ne vivez plus ici. Où vous cachez-vous donc ?

– Nous ne nous cachons pas, monsieur, protesta le marchand.

Perducas souleva un pan de sa veste, révélant le long couteau passé à sa ceinture.

– Votre rejeton me doit une petite fortune. Alors vous et moi, on va s'arranger et l'affaire sera oubliée, d'accord ?

– Mon fils ne fréquente pas les crapules de votre espèce.

Le marchand tira quelques pièces de sa poche qu'il jeta sur le comptoir à l'adresse de l'aubergiste :

– Servez-leur à boire, qu'ils nous fichent la paix !

– Ça alors ! Il nous prend pour des mendiants, le bougre ! s'emporta Perducas. On va lui apprendre...

Les bandits sortirent leurs armes. Le marchand recula, mais il était cerné de toutes parts. Les lames brillaient d'un éclat menaçant dans la pénombre de la taverne.

L'aubergiste tira un vieux fusil de sous le comptoir. Il le pointa droit sur le front du chef de bande en grondant :

– Pas de ça chez moi. Je ne tiens pas à avoir des ennuis. Laisse le bonhomme tranquille, Perducas.

Celui-ci fit un pas en arrière, le regard étincelant de fureur.

L'aubergiste se tourna alors vers le marchand.

– Vous, filez ! Vite !

Avec son tromblon, il tint Perducas en joue pour lui laisser le temps de passer derrière le comptoir, traverser la réserve et fuir dans l'arrière-cour par une porte dérobée.

Chapitre trois

Dans son dos, la voix haineuse du bandit résonna :

– Ne t'en fais, je te retrouverai, Beauffremont.

Dehors, la neige couvrait la ville d'un voile gris et glacé. Le marchand affolé courut jusqu'à son cheval, trébuchant sur les pavés glissants. Craignant d'être suivi, il se tapit un instant dans un recoin pour jeter un coup d'œil anxieux par-dessus son épaule. Aucun signe des bandits…

Le cœur battant, il monta en selle en toute hâte et partit au grand galop, bravant le vent, le froid et la tristesse. Qui sait ce qu'était devenu Maxime ? Il l'imaginait errant dans les bas-fonds. Ou pire, étendu dans une ruelle lugubre, sans vie...

Chapitre quatre

Tandis que le marchand quittait la ville pour s'enfoncer dans la campagne, les flocons tombaient de plus en plus dru, jusqu'à former un rideau blanc devant ses yeux. Son cheval peinait à avancer, ses sabots dérapaient sur le sol gelé. Les branches des arbres ployaient sous la neige, et on ne distinguait même plus le chemin. Après des heures à chevaucher ainsi dans un monde entièrement blanc, l'homme s'affala sur sa monture. Épuisé, transi de froid, il avait à peine la force de tenir en selle.

Un hurlement monstrueux résonna alors dans les bois. Le marchand se redressa brusquement, juste à temps pour apercevoir la silhouette d'un animal qui se faufilait entre les arbres. De terreur, son cheval se cabra. Retrouvant brusquement ses esprits, le cavalier eut beau tenter de reprendre les rênes, sa monture paniquée s'emballa. Elle partit au galop et, dans sa course folle, dévala une pente verglacée.

Lorsqu'il se releva péniblement de sa chute, au milieu des ronces et des branchages cassés, le marchand constata que l'animal avait les deux pattes avant brisées. Ses flancs se soulevaient par saccades, il souffrait le martyre.

Bouleversé, il lui caressa le museau en sanglotant :

– C'est ma faute ! Pardonne-moi, je suis obligé de t'abandonner. Et dire que je n'ai même pas d'arme pour abréger tes souffrances.

Le cheval ferma les yeux.

Après lui avoir jeté un dernier regard, son maître, abattu, repartit à pied. C'était la seule chose à faire s'il ne voulait pas mourir de froid. À nouveau, le long hurlement bestial retentit. Dans son dos, il entendit son cheval pousser des hennissements terrifiés. Il se mit à courir, plié en deux, luttant contre la bise et la neige qui lui fouettaient le visage.

Soudain, à travers les branches, il aperçut une lueur en contrebas. Saisi d'un fol espoir, il s'élança dans l'obscurité :

– La maison ! La maison !

Dans sa hâte, hélas, il se précipita droit devant, perdit pied et bascula dans un ravin glacé. Il eut l'impression de tomber durant une éternité dans un précipice sans fond. Mais alors qu'il croyait sa dernière heure arrivée, qu'il se voyait déjà tous les os brisés, sa chute fut amortie par un épais tapis d'herbe moelleuse.

Étendu sur le dos, il mit quelque temps à recouvrer ses esprits. Hébété, il suivit des yeux la nuée de lucioles qui s'élevaient au-dessus de lui, petits points lumineux scintillant dans la nuit comme pour l'inviter à le suivre.

Il se releva tant bien que mal. Il découvrit devant lui un mystérieux jardin à la végétation luxuriante. Alors que la forêt qu'il venait de quitter était blanche de givre, endormie par l'hiver, ce parc semblait connaître un éternel printemps.

La lueur qu'il avait aperçue plus tôt paraissait toute proche désormais. Il avança dans sa direction en marmonnant :

– Non, ça, ce n'est pas la maison…

Au détour d'une allée, il se trouva face à une immense tête de pierre, surgissant des massifs de fleurs. Plus loin, c'était une main qui émergeait de la terre, comme si un géant tout entier était étendu sous la pelouse. Quel endroit étonnant !

Toujours escorté par les lucioles, le marchand poursuivit son exploration. Guidé par la lueur, il remonta une allée menant à un majestueux château. La coupole, la façade, les cadres de fenêtre étaient sculptés si finement qu'on eût dit de la dentelle de pierre. La lueur qui l'avait attiré brillait au sommet d'une haute tour carrée.

Chapitre quatre

Il traversa un pont qui enjambait un gouffre abyssal, puis poussa la monumentale porte rouge, restée entrouverte.

– Il y a quelqu'un ? lança-t-il dans le vaste hall d'entrée.

Seul l'écho de sa voix lui répondit. Si les voûtes ouvragées et le sol en marqueterie de marbre permettaient d'imaginer sa splendeur d'antan, l'endroit semblait désormais abandonné. Les rosiers sauvages en avaient fait leur domaine, envahissant sols, murs et plafonds de leurs arabesques épineuses.

Intimidé, le marchand reprit en bafouillant :

– Je me suis égaré… et comme c'était ouvert…

Juste devant lui, une porte pivota avec un grincement sonore. Il avança à pas comptés et pénétra dans une gigantesque salle à manger. Les murs étaient tellement hauts qu'on distinguait à peine le plafond, soutenu par des piliers de pierre torsadés. Une cheminée colossale se dressait dans le fond, encadrée par une saisissante scène de chasse sculptée : des lions aux yeux de rubis maintenaient sous leurs pattes griffues des cerfs aux bois d'or.

Le marchand se figea, paniqué.

Quelque chose était tapi dans l'ombre...

Il sentait remuer autour de lui, il entendait murmurer.

– Qui va là ? demanda-t-il.

Soudain, un chandelier s'alluma, éclairant une table si longue que son extrémité se perdait dans les ténèbres ; puis un autre, un peu plus loin, révélant dans sa lueur un grand plat de pâtés à la viande encore fumants.

Le marchand s'approcha, alléché par leur parfum. Il saisit une fourchette et faillit la lâcher sous le coup de la surprise : elle était en or serti de diamants !

– Je rêve ! s'exclama-t-il. Ou bien je suis mort et me voilà au paradis !

Pour le vérifier, il se piqua le bout des doigts et grimaça.

– Non, je suis bien vivant. Et affamé !

Il planta la fourchette dans un pâté. Après un instant d'hésitation, il mordit voracement dedans.

– Mm, un délice !

Il en engloutit plusieurs d'affilée en s'excusant à haute voix auprès du maître ou de la maîtresse des lieux :

– Je me permets de prendre un petit en-cas, j'espère que vous ne m'en tiendrez pas rigueur. J'ai tellement faim ! Et tout est extrêmement savoureux...

D'autres bougies s'allumèrent, dévoilant des corbeilles de fruits mûrs à point, des plats chargés des mets les plus fins, des carafes en cristal chatoyant.

Il se servit un verre de vin, le goûta et fit claquer sa langue avant de le vider d'un trait.

– Succulent !

À mesure qu'il progressait le long de la table, les chandeliers s'éteignaient derrière lui, puis d'autres s'allumaient plus loin, comme par magie.

En réalité, dans l'obscurité, des dizaines de petites créatures s'affairaient pour lui présenter la suite du menu. L'une d'elles trébucha malencontreusement et fit tomber un plat avec fracas.

Le marchand se retourna, le souffle court. Il se pencha sous la table pour tenter d'apercevoir ses serviteurs, mais ceux-ci disparurent bien vite derrière les pieds sculptés en forme de pattes de lion.

En se relevant, notre homme tituba, pris de vertige. Les créatures eurent juste le temps de pousser un fauteuil derrière lui pour le faire asseoir.

– Pardon, je crois que le vin m'est un peu monté à la tête. Mais ne vous inquiétez pas, je m'en vais dans un instant.

Alors qu'il se reposait, un lustre s'alluma brusquement à l'autre bout de la pièce. Dans sa lumière dorée, le marchand aperçut deux grands coffres ouvragés. Poussé par la curiosité, il s'approcha et en souleva le couvercle.

Ce fut un choc !

D'une main tremblante, il sortit de sa poche la liste d'Anne et de Clotilde. Il fouilla dans les coffres et en fit l'inventaire tout en parcourant la page des yeux.

– ... les robes... les châles... les fards... tout ce que mes filles m'ont demandé y est ! s'exclama-t-il. Enfin, presque... il ne manque que la rose, pour Belle !

Un hennissement retentit alors dans son dos.

Le marchand fit volte-face. Quelle ne fut pas sa surprise de voir approcher son cheval, les pattes bandées, miraculeusement guéri ! Piaffant d'impatience, l'animal vint se camper près des coffres.

Son maître lui tapota l'encolure, tout ému.

– Te voilà ! Mais qui t'a soigné ? Moi qui pensais ne jamais te revoir. Je ne sais d'où vient cette magie... La seule chose dont je sois sûr, c'est qu'il faut saisir sa chance lorsqu'elle se présente. Nous allons rapporter ces somptueux présents à la maison. Les filles seront bien contentes, qu'en dis-tu ?

Tout en murmurant à l'oreille de sa

monture, il arrima les coffres de chaque côté de sa selle, puis la prit par la bride afin de la guider hors du château.

Arrivé à la porte, il lança dans l'obscurité :

– Qui que vous soyez, mon hôte, je vous remercie de votre générosité.

Comme par enchantement, les lucioles réapparurent pour éclairer son chemin à travers le parc.

Avant de sortir, le marchand aperçut au détour d'une allée un imposant rosier, haut de plusieurs mètres, chargé de fleurs plus somptueuses les unes que les autres. Il repéra la plus belle de toutes et tendit la main pour la cueillir. Comme elle résistait, il insista, malgré les épines qui lui égratignaient la main. Il finit par détacher la fleur d'un coup sec.

À l'instant où la tige se brisa, la terre se mit à trembler, les branchages s'écartèrent. Un visage de pierre colossal surgit au cœur du massif de roses. Sa bouche recouverte de mousse s'entrouvrit en un cri déchirant.

Chapitre quatre

Terrifié, le marchand recula tandis qu'un géant de pierre se dressait devant ses yeux. Sur son épaule se tenait une créature mi-homme, mi-bête. Au clair de lune, seule sa silhouette terrifiante se découpait sur le ciel nocturne.

– À genoux ! ordonna-t-elle.

Sa voix était à la fois douce et profonde, tel le feulement d'un tigre. Son regard phosphorescent luisait dans l'obscurité.

Le marchand, paralysé par la peur, bégaya :

– Que... Qui êtes-vous ? J'ai cru que ces coffres...

– Cette profusion de cadeaux ne te suffisait donc pas ? Il a fallu que tu me voles, que tu profanes ce que j'ai de plus sacré. À genoux, te dis-je !

Lentement, le pauvre homme terrifié posa un genou à terre. Il serrait si fort la rose dans ses mains que la fleur perdit un pétale. La bête monstrueuse bondit alors sur lui et le plaqua au sol sous ses énormes pattes griffues. Le marchand détourna la tête, n'osant soutenir son regard incandescent.

– Je ne laisserai personne me traiter de voleur ou de lâche, se défendit-il. Je… je suis un homme droit et digne.

– Vraiment ? répliqua la Bête. Alors tu mourras debout, comme un honnête homme.

– Mourir pour une rose ? Décidément, le malheur s'acharne sur ma famille, gémit-il.

La Bête relâcha légèrement la pression sur sa poitrine et demanda :

– À qui donc était destinée cette rose ?

– À la plus jeune de mes filles. Ma précieuse Belle…

– Je t'octroie une journée pour dire adieu à ceux que tu aimes, décréta la Bête. Ensuite, tu reviendras ici pour subir ton châtiment.

Le marchand secoua la tête, refusant ce sort funeste.

– Parce que tu penses avoir le choix ? s'étonna son adversaire.

– Non, non… c'est que… je ne puis abandonner mes enfants.

Sans se laisser attendrir, la Bête poursuivit :

– Il te suffira de murmurer à l'oreille de ton cheval « Plus que tout au monde », et il te ramènera ici.

Le marchand ferma les yeux en répétant obstinément :

– Non, non… impossible, je ne reviendrai pas.

La Bête plaqua sa patte aux griffes acérées contre sa gorge et lui susurra à l'oreille :

– Tu reviendras, crois-moi. Si tu n'es pas là demain à la même heure, je décimerai ta famille. Ils mourront un à un. Et je terminerai par la plus jeune de tes filles, puisque c'est ta préférée… Souviens-toi : une vie pour une rose… Une vie pour une rose…

Sa voix feutrée finit par se confondre avec le mugissement du vent, et le marchand perdit connaissance…

Chapitre cinq

Lorsque le marchand revint à lui, il se retrouva dans la forêt enneigée, en plein blizzard. Il serrait toujours dans sa main la fameuse rose volée. Cette fleur maudite et les coffres harnachés sur les flancs de son cheval lui prouvaient qu'il n'avait pas rêvé. Le cauchemar qu'il avait vécu était hélas bien réel. Maintenant, il lui fallait rentrer chez lui pour annoncer de sinistres nouvelles à ses enfants. Il dissimula la rose au creux de son mouchoir et la glissa dans sa poche.

Puis, abattu, il regarda autour de lui. Entre les arbres blancs de givre, il repéra au loin des lueurs dansantes. Avançant dans leur direction, il reconnut la voix de ses fils :

– Père ! Père !

Maxime en tête, ils étaient partis à sa recherche, équipés de lanternes, bravant le froid et la tempête. Quel soulagement : au moins, Maxime était rentré de la ville avant lui, sain et sauf.

– Mes enfants ! Mes enfants ! Je suis là ! cria-t-il.

Après d'émouvantes retrouvailles, le marchand et ses fils regagnèrent vite la chaleur de la chaumière.

Malgré l'heure tardive, la famille se rassembla dans le salon. Maxime leur ayant appris que la cargaison du navire avait été saisie et que, en un mot, ils étaient toujours pauvres, les enfants furent surpris de voir les deux coffres que leur père avait rapportés. Ce fut un véritable supplice pour lui de leur révéler la terrible vérité.

Maxime, en proie à une vive agitation, faisait les cent pas devant la table où le marchand avait posé la rose fatale.

– Mais enfin, père, votre histoire ne tient pas debout ! Un monstre, une fleur magique... On ne voit ça que dans les contes !

– Même cette formule qui doit vous permettre de regagner le château de la créature..., enchaîna Jean-Baptiste. « Plus que tout au monde », on la croirait tout droit sortie d'un livre d'enfants.

– Alors comment expliquez-vous ceci ? répliqua le marchand.

Il ouvrit les coffres, découvrant leur somptueux contenu : les robes, les chapeaux, le maquillage...

Anne et Clotilde étaient effondrées. Tout ce dont elles avaient rêvé s'étalait sous leurs yeux... sans qu'elles puissent s'en réjouir car elles devaient en payer le prix : la vie de leur père !

– C'est notre faute ! gémit Clotilde. Tout est notre faute...

– Ne dis pas de bêtises, la coupa Anne. Ce n'est pas toi qui as réclamé une rose !

Jean-Baptiste tenta de les calmer :

– Allons, allons, ce n'est la faute de personne.

– Mais si ! C'est à cause de Belle, toujours Belle, persista Anne en fixant sa jeune sœur d'un œil noir.

Le marchand se leva pour mettre fin à la discussion.

– Taisez-vous. Je ne puis vous expliquer qui est cette bête ni d'où elle tire ses pouvoirs. Mais pour avoir volé la rose, je dois retourner là-bas dans quelques heures.

– Et qu'adviendra-t-il de vous ? s'inquiéta Tristan.

– Je l'ignore, mon petit, répondit le marchand. La Bête a simplement dit : « Une vie pour une rose… »

– Et si vous ne lui obéissez pas ? insista le garçon.

Leur père les regarda un à un, l'air grave.

– Alors nous périrons tous.

Belle, plus pâle que la mort, s'avança jusqu'à la rose. Elle la contempla sans un mot, puis s'en fut en courant.

Chapitre cinq

Le marchand la suivit dans l'escalier. Il la trouva en train de se préparer dans sa chambre.

– Belle, enfin, que fais-tu ?

– Ne dites rien. Je sais ce qu'ils pensent tous. Que maman est morte en me donnant la vie, et maintenant...

Son père secoua la tête.

– Cesse donc tes sottises !

– Je ne veux pas être aussi responsable de votre mort, déclara-t-elle.

Elle finit de se préparer en nouant un ruban blanc dans ses cheveux d'un geste décidé.

Et sur ces mots, elle ressortit en claquant la porte. Le marchand voulut la suivre mais impossible, il était enfermé ! Il tambourina contre le battant de bois.

– Belle ! Belle ! Je t'ordonne de revenir ! Non, ne fais pas ça, mon enfant !

Sous le regard incrédule de ses frères et sœurs, Belle traversa le salon en trombe, jeta une cape sur ses épaules et quitta la maison en leur lançant :

– Surtout, n'oubliez pas de m'aimer !

Dans la cour de la chaumière, elle enfourcha le cheval de son père et partit au galop.

– Non, Belle ! Reviens !

Elle se retourna une dernière fois pour voir le marchand en larmes sur le perron. Il voulut se lancer à sa poursuite, mais ses enfants le retinrent et il tomba à genoux dans la neige.

Belle talonna sa monture en lui murmurant à l'oreille :

– Guide-moi jusqu'au château. Conduis-moi jusqu'à cette bête afin que je puisse sauver la vie de mon père. C'est ce que je souhaite… *plus que tout au monde.*

À l'énoncé de la formule magique, le cheval poussa un hennissement et redoubla de vigueur. Ses sabots martelaient le sol à une telle vitesse qu'il volait presque, soulevant des nuages de neige poudreuse. Les arbres, les buissons, la forêt tout entière s'écartaient sur son passage.

Belle se cramponnait à son encolure,

baissant la tête pour éviter les branchages qui lui giflaient le visage. Un ruban fut même arraché au vol et resta accroché dans les ronces.

Arrivé devant une immense falaise de pierre et de glace, le cheval fit alors un bond spectaculaire pour s'engouffrer dans une faille. Lorsqu'il retomba à terre, ses sabots ne foulaient plus la neige, mais une herbe verte et drue.

Chapitre six

N'ayant plus à craindre les branches basses des arbres, Belle put se redresser sur sa monture. Elle avançait maintenant au pas, au cœur d'un parc mystérieux, tout nimbé de brume. Le plus grand silence y régnait, comme si le brouillard étouffait le moindre bruit.

Frissonnant de peur autant que de froid, Belle mit pied à terre. La traversée mouvementée de la forêt l'avait laissée échevelée, sa cape était déchirée, constellée de feuilles sèches et de brindilles.

À son tour, la jeune fille découvrit, comme son père avant elle, les géants de pierre à demi enterrés au milieu des massifs de fleurs. Au fond du parc, dans les premières lueurs de l'aube, elle aperçut le majestueux château. Elle leva les yeux vers la plus haute tour, sans se douter que, de la fenêtre de sa chambre, la Bête l'observait.

Sur les pas de son père, Belle traversa le pont, poussa la porte et pénétra à l'intérieur. Le château était plongé dans la pénombre, désert et silencieux, comme en sommeil. Toutes les portes étaient closes. Une nappe de brume s'infiltrait partout, froide et grise, contribuant à l'atmosphère désolée des lieux. Un unique rai de lumière lui indiqua un grand escalier de pierre. Une voix résonna alors :

– Une vie pour une rose !

Belle gravit les marches une à une, contemplant les tentures aux couleurs fanées qui ornaient les murs, souvenirs d'une splendeur révolue. Désormais, les rosiers sauvages se confondaient avec les motifs floraux de la tapisserie, si bien qu'elle avait du mal à distinguer le faux du vrai. Elle n'aurait pu deviner que, parmi les licornes et autres chimères brodées au fil de soie, se cachait la Bête, tapie dans l'ombre.

Celle-ci la suivit en silence, puis s'agrippa aux plantes grimpantes pour escalader le mur, sans jamais quitter Belle des yeux.

En haut de l'escalier, la jeune fille déboucha dans une galerie au sol jonché de feuilles mortes et de pétales de rose. Elle avait à peine fait quelques pas que la porte qu'elle venait de franchir claqua brusquement dans son dos. Belle sursauta, revint sur ses pas, voulut actionner la poignée mais elle était bloquée.

– Viens à moi ! ordonna la voix.

Et comme par magie, au bout de la galerie s'ouvrit une autre porte, ne lui laissant d'autre choix que d'avancer.

Belle pénétra alors dans une pièce, qui avait plus l'allure d'un jardin intérieur que d'une chambre tant elle était envahie de plantes sauvages.

Parcourue d'un frisson, Belle serra

contre elle les pans de sa cape déchirée. Instantanément, un feu s'alluma dans la cheminée. Les flammes dansantes éclairèrent la pièce d'une douce lueur ambrée, dissipant le voile brumeux qui ternissait tout. La chambre parut aussitôt plus chaleureuse et accueillante. De magnifiques vitraux laissaient entrer la lumière, à la manière d'une serre.

Près de la coiffeuse se dressait un mannequin vêtu d'une somptueuse robe de soie ivoire aux reflets irisés. Belle n'avait jamais rien vu de pareil : les manches bouffantes se resserraient dans un jeu de petits plis d'une finesse exquise, le décolleté dégageait largement les épaules. Émerveillée, elle s'approcha pour caresser l'étoffe du bout des doigts, mais elle suspendit son geste de peur de la salir.

Avisant un bassin creusé dans un bloc d'améthyste géant, elle y plongea ses mains écorchées. Une nuée de petits points lumineux vint tourbillonner autour de ses doigts. Quelle stupeur de voir les griffures s'estomper… jusqu'à disparaître complètement !

Comme vous pouvez l'imaginer, Belle était partagée. Émerveillée par la magie qui semblait habiter le château. Terrifiée à l'idée de rencontrer son propriétaire et de connaître le sort funeste qu'il avait promis à son père.

Elle s'assit à la coiffeuse pour brosser ses longs cheveux, puis revêtit la magnifique robe blanche qui semblait faite pour elle. Elle se prépara avec soin, convaincue qu'elle s'apprêtait à vivre son ultime soirée.

Tandis qu'au dehors brillaient les dernières lueurs du couchant, elle reprit le chemin qu'elle avait emprunté le matin, la gorge serrée. Elle descendit le grand escalier de pierre en retenant son jupon soyeux d'une main, ses boucles dorées cascadant sur ses épaules dénudées. Elle avait le port altier d'une princesse. Une imposante porte à deux battants s'ouvrit devant elle sur une salle de bal déserte. L'endroit qui avait dû être enchanteur paraissait mélancolique et délabré. Les grands lustres étaient éteints, les instruments de musique abandonnés dans un coin sur le sol terni. Cette désolation faisait écho à son propre malheur.

Lorsque retentit le premier coup de l'horloge, Belle était déjà résignée à mourir. Tandis qu'elle traversait la piste de danse, un bruit plus fort, plus entêtant encore que le carillon, se mit à résonner dans tout son être : les battements de son cœur.

Au septième coup, Belle souleva les voiles mouvants qui la séparaient de la pièce voisine, la salle à manger.

Quel contraste ! Le couvert était dressé pour une infinité de convives, avec l'argenterie la plus fine, le cristal le plus étincelant qu'elle eût jamais vus.

À quelques pas de la table, Belle se figea soudain. Elle venait d'apercevoir sur le sol de marbre l'ombre de la Bête qui la suivait pas à pas, immense silhouette terrifiante. Sans oser se retourner, elle se présenta :

– Je m'appelle Belle. Je suis la fille du marchand. Je suis venue vous donner ma vie contre la sienne.

– Assieds-toi, ordonna la Bête d'une voix grave.

La jeune fille obéit, toute tremblante. Des larmes silencieuses roulaient sur ses joues.

Quelqu'un déposa alors sur ses genoux un mouchoir en dentelle. Baissant les yeux, Belle eut juste le temps de distinguer une petite patte couverte de fourrure veloutée, qui disparut bien vite sous la table.

– Mange ! ordonna la Bête, toujours dans son dos.

La jeune fille porta un petit pain à ses lèvres.

– Une fois que tu auras repris des forces, reprit la Bête de sa voix à la fois douce et profonde, tu pourras aller où bon te semble dans mon domaine. Mais sitôt la nuit tombée, je t'interdis de sortir du château…

– Je n'ai que faire de me promener. Puisque je dois mourir, autant en finir au plus vite, coupa Belle.

– Tu es plus brave que ton père, commenta la Bête.

Belle allait répliquer, mais un grognement animal résonna à son oreille.

– Chaque soir, à sept heures précises, tu devras être là.

La Bête se pencha sur elle. Belle se raidit en sentant ses moustaches lui picoter la nuque et les épaules.

– Ne pense même pas à t'échapper : la forêt se refermerait sur toi et tu mourrais de peur et de froid. De plus, n'oublie pas que je sais où trouver ta famille...

Terrorisée, Belle regardait fixement devant elle, en larmes. Ainsi, elle était prisonnière, à la merci de son geôlier. Cette robe de soie, ces fourchettes en argent, ces assiettes en porcelaine fine, la salle de bal, la chambre... toutes ces richesses n'étaient qu'une cage dorée.

Alors que la dure réalité s'insinuait lentement en elle, Belle se crispa soudain. Elle avait aperçu le reflet de la Bête dans la carafe en cristal : son museau de fauve et ses babines luisantes. Saisie d'effroi, elle se retourna en brandissant un couteau… mais la Bête avait disparu !

Belle soupira. Ces poils sombres, cette voix rauque... Quelle créature monstrueuse ! Un être sans cœur qui voulait la retenir ici pour son bon plaisir en la privant de sa famille.

Elle traversa la salle à manger, jetant des coups d'œil prudents de droite et de gauche. Courant presque, elle remonta l'immense escalier. Pour la première fois de sa vie, elle allait passer une nuit loin des siens. Elle se sentait tellement seule…

Chapitre sept

En ouvrant la porte de sa chambre, Belle eut la surprise de constater que son lit avait été fait. L'édredon entrouvert laissait deviner un oreiller moelleux.

La jeune fille regarda autour d'elle : personne. Où donc était passée la servante qui avait préparé tout ça ? Elle avait pourtant cru entendre murmurer.

Elle s'agenouilla et joignit les mains pour prier à voix basse :

– Maman chérie, j'ai eu si peur ce soir. Veille bien sur papa ainsi que sur mes frères et sœurs. Fais qu'ils ne m'oublient jamais.

Grâce à ton amour, donne-moi du courage et protège-moi.

Épuisée par toutes ces émotions, elle n'eut même pas la force de se déshabiller. Elle se hissa sur le haut lit, se blottit sous l'édredon et s'endormit tout habillée. Comme par magie, les chandelles s'éteignirent une à une.

Dès que Belle eut fermé les yeux, de petites créatures poilues sortirent de leur cachette et firent un cercle autour du lit afin de l'admirer. Dans la pénombre, leurs grands yeux brillaient d'une chaude lueur, comme autant de lampions. Elles paraissaient assez craintives, cependant la plus téméraire sauta sur la coiffeuse pour prélever quelques cheveux blonds sur la brosse de la jeune fille.

Dans le parc du château, une brise légère caressait les pelouses, agitait les feuillages et faisait ondoyer l'eau des bassins. La nature bruissait d'une douce mélodie. Petits points lumineux dans la nuit, les lucioles voletèrent jusqu'à la fenêtre de la belle endormie. L'une d'elle se posa sur son front…

La jeune fille s'agita dans son sommeil, en proie à un rêve troublant.

Belle se voyait courir, courir, courir à travers le château, plongé dans les ténèbres. Quand, soudain, au détour d'un couloir, elle se figea… une biche dorée la fixait de ses grands yeux frangés de longs cils.

Cette apparition se dissipa en une nuée de lucioles qui s'éparpillèrent. En les suivant, Belle arriva dans une longue galerie à la clarté éblouissante.

La lumière provenait d'un miroir haut de plusieurs mètres, au cadre sculpté de motifs de cerfs. Sa surface ondoyait comme l'eau d'un étang. Lorsqu'elle y plongea le regard, Belle découvrit le château du temps de sa splendeur passée : les tentures possédaient encore tout leur éclat ; dans les couloirs, allaient et venaient des gardes en armure ainsi que des serviteurs, chargés de plateaux de victuailles. En lieu et place de son reflet, Belle vit une jeune femme aux yeux en amande et à la peau de miel. Ses cheveux blonds étaient tressés en une longue natte qui lui tombait au creux des reins. Son port majestueux, sa tenue recherchée en soie mordorée, il ne pouvait s'agir que d'une princesse.

Au travers du miroir, Belle suivait ses aventures comme au théâtre. Celle-ci semblait en proie à une vive émotion.

– Ils arrivent! Ils arrivent! criait-elle en dévalant l'escalier de pierre, talonnée par sa dame de compagnie.

Deux gardes en armure ouvrirent la porte, laissant pénétrer une meute de chiens de chasse qui s'engouffrèrent en jappant dans le hall.

L'un d'eux sauta dans les bras de la princesse et enfouit sa truffe au creux de son cou. Elle lui caressa affectueusement la tête avant de le reposer à terre.

Un jeune homme fit alors son entrée, c'était un prince vêtu d'un pourpoint de velours rouge sombre. Il portait sur ses épaules un énorme sanglier. Ses trois compagnons de chasse le suivaient de près, chargés eux aussi de gibier.

À la vue des animaux morts, le sourire de la princesse s'évanouit. Le prince l'enlaça et voulut l'embrasser, mais ses amis s'interposèrent pour les séparer.

– Non, non, non ! Pas de biche, pas de récompense ! décréta l'un d'eux.

La princesse, livide, repoussa le prince.

– Tu n'as toujours pas renoncé à cette chasse insensée ? fit-elle d'un ton de reproche.

Sans noter la pâleur de sa bien-aimée, le prince soupira :

– Des années qu'elle m'échappe ! Mais je ne désespère pas de l'avoir. Ce sera mon plus beau trophée... après toi, bien sûr ! Étienne, Thierry et Louis m'ont fait un cadeau, regarde.

Il tira de son carquois une flèche d'or qu'il brandit fièrement :

– Dix flèches dorées... comme le pelage de la biche !

La princesse baissa la tête pour cacher les larmes qui lui montaient aux yeux.

– À boire ! tonna Thierry.

– Oui, on a soif ! renchérit Louis.

Alors que les trois compagnons filaient dans la salle à manger, elle retint le prince par la main et l'entraîna dans l'escalier.

– Viens, j'ai une faveur à te demander.

– Tout ce que tu voudras, ma jolie.

Il l'embrassa dans le cou en la suivant jusque dans leur chambre.

– Je veux que tu renonces à cette biche, lui murmura-t-elle à l'oreille.

Le prince s'écarta soudain, stupéfait.

– Mais pourquoi ?

– Je suis lasse de te voir partir des jours entiers. Je me sens terriblement seule ici sans toi.

Il réfléchit un instant puis plongea les yeux dans les siens pour répondre avec une gravité soudaine :

– Très bien, mais à une condition... Donne-moi un fils.

Chapitre sept

Lorsque Belle s'éveilla de son rêve, elle était dans sa chambre, la même qu'elle avait vue en rêve. Seulement celui qui était penché sur elle n'était pas le prince… mais la Bête qui la contemplait dans son sommeil.

Comme elle ouvrait la bouche pour crier, le fauve disparut instantanément.

Belle se redressa, toute tremblante, et regarda autour d'elle. Aucun signe de la Bête.

Sur le mannequin, en revanche, elle découvrit une splendide robe de velours vert émeraude toute rebrodée d'or.

Chapitre huit

Belle hésita longuement à sortir de sa chambre, craignant de voir la Bête surgir d'un recoin sombre. Mais sa curiosité fut plus forte que sa peur. Une fois remise de ses émotions, elle partit donc explorer le domaine, vêtue de sa nouvelle robe émeraude. Elle admira les massifs de fleurs luxuriants, sentit le parfum des lys, suivit des yeux une coccinelle qui s'envolait...

Imaginez sa joie lorsque, au détour d'une allée, elle aperçut son cheval, en train de paître une herbe verte et drue. Elle lui caressa le museau en lui murmurant à l'oreille :

– Qu'allons-nous devenir, mon pauvre Alceste ? J'ai bien cru que ce monstre allait me dévorer, tu sais. Et si j'essaie de m'enfuir, il menace de tuer toute ma famille. Quoi qu'il en soit, je ne sais même pas où je suis...

Comme le cheval continuait à brouter paisiblement, indifférent à ses tourments, Belle s'éloigna avec un soupir.

– Mange, Alceste. Profite de cette bonne herbe.

Avisant un arbre penché, elle y grimpa en prenant garde de ne pas abîmer son volumineux jupon. De son poste d'observation, elle espérait dominer les environs, voir jusqu'où s'étendait sa prison... peut-être même repérer sa douce chaumière au loin. Hélas, elle constata que l'oasis luxuriante du parc était cernée de hautes falaises de glace. Impossible de voir au-delà.

Belle se tourna alors vers le château, pour contempler sa façade ouvragée et repérer où se situait sa chambre. Quelques corbeaux encerclaient la plus haute tour en croassant.

Un craquement en contrebas la fit sursauter. Baissant les yeux, elle vit un animal filer, éclair doré parmi les feuillages.

La biche de son rêve !

Belle redescendit de son perchoir en toute hâte pour se lancer à sa poursuite. Le sabot léger, la biche bondissait dans le dédale des allées... quand, soudain, elle sembla se volatiliser. La jeune fille s'arrêta, interloquée. Un gigantesque rosier chargé de fleurs d'un rouge profond se dressait devant elle. Elle devina qu'il s'agissait de celui où son père avait cueilli la funeste rose, cause de tous leurs malheurs. En le contournant, elle découvrit un passage secret qui s'ouvrait entre ses racines enchevêtrées.

Belle s'y engagea, retenant son souffle. Elle avançait avec précaution, prenant garde à ne pas trébucher sur ces lianes tortueuses. Arrivée au cœur du massif, elle distingua une statue, ensevelie sous une épaisse couche de feuilles mortes et de fleurs séchées. Elle les écarta pour mettre au jour une femme, étreignant à deux mains une flèche qui s'enfonçait en son sein.

Belle scruta son visage, qui lui sembla étrangement familier. Plus que la douleur, il exprimait une infinie tristesse.

– Vous êtes la princesse que j'ai vue en rêve, murmura-t-elle.

Ainsi Belle comprit que des années, des siècles auparavant, une autre femme avait vécu dans ce château maudit. Elle y avait connu l'amour et… la mort.

Posant la main sur la joue de la statue, elle la questionna :

– Pourquoi moi ? Pourquoi troublez-vous mes nuits ?

Le cœur serré, Belle courut se réfugier dans sa chambre en attendant l'heure de son rendez-vous quotidien avec son étrange geôlier. Elle se jeta sur son lit en sanglotant. Quelle triste existence que la sienne, prisonnière de la Bête le jour, et hantée par le passé d'une autre la nuit !

Souviens-toi, une vie pour une rose...

Parfaite en tous points,
Belle était la préférée de son père.

« Oh, mais qu'allons-nous devenir ? »

« Qui m'a fabriqué
ce merveilleux cadeau ?
Où vous cachez-vous ?
Montrez-vous ! »

« Je t'interdis de sortir du château... »

« En route vers la fortune, mes lascars ! »

Tapie dans l'ombre, la Bête contemplait
la scène de pillage de ses yeux flamboyants.

« Laissez-moi retourner auprès de lui.
C'est ce que je souhaite…
plus que tout au monde. »

Belle découvrit les créatures les plus étonnantes qu'elle eût jamais rencontrées.

Chapitre huit

Elle laissa le carillon sonner ses sept coups, ne pouvant se résoudre à quitter la quiétude de sa chambre. Pourtant il le fallait...

Il était sept heures passées de dix minutes lorsque Belle parut enfin dans la salle à manger.

La Bête l'attendait, près de la cheminée. Sa silhouette massive se découpait sur fond de flammes.

– Tu es en retard, remarqua-t-elle de sa voix grave.

Belle s'assit, très raide dans sa robe vert émeraude.

– Ne venez plus jamais dans ma chambre.

– Je suis ici chez moi. J'ai tous les droits.

La Bête s'attabla, plaçant sa chaise en biais de sorte qu'elle ne pût la dévisager.

– C'est ce qu'on verra, répliqua la jeune fille.

Son assurance surprit la Bête qui la fixa. Belle fut saisie de croiser ses yeux bleus, étrangement humains et expressifs.

– Ne me regarde pas, gronda la Bête en se détournant bien vite. Mange.

– Et vous, vous ne mangez pas ?

– Pas devant toi. Ce n'est pas un spectacle agréable à contempler.

En voulant déplier sa serviette, Belle, un peu nerveuse, la fit tomber. Alors qu'elle tentait de la ramasser à tâtons, sa main effleura une fourrure toute douce. Elle souleva la nappe et découvrit les plus étonnantes créatures qu'elle eût jamais rencontrées. Avec leurs yeux démesurés, leurs longues oreilles et leur langue rose, elles étaient tout simplement adorables. Belle leur sourit puis elle se redressa sur sa chaise pour demander avec une pointe d'insolence :

– Puis-je parler ou dois-je dîner en silence, comme une enfant ?

– C'est exactement ce que tu es, répliqua la Bête. Une enfant arrogante.

Belle porta un verre de vin à ses lèvres.

– J'aime autant que les gens me croient puérile et futile. Ainsi, ils…

– Et terriblement bavarde, ajouta la Bête.

Piquée au vif, Belle riposta :

– Osez dire que cela vous déplaît ! Je meuble le silence, au moins.

Après un silence, elle reprit :

– J'ai eu cette nuit un rêve des plus étrange… il se déroulait en ces lieux, seulement ils avaient une allure bien différente. À qui donc appartient ce château ?

– Tout ce qui se trouve entre ces murs est à moi.

– Vous êtes une Bête, mais vous tenez le même discours que tous les hommes. Finalement, vous êtes assez décevant.

Elle s'interrompit, surprise de sa propre audace. La Bête se leva en l'invitant à poursuivre :

– Je te déçois ? Vraiment ? Y a-t-il d'autres choses qui te déplaisent en moi ?

Comme Belle se taisait, le fauve insista :

– Tu ne dis plus rien. Je te fais donc si peur ?

Il sortit alors de l'ombre et se posta face à elle. Quelle vision à la fois fascinante et terrifiante que ce regard humain brillant au milieu de ce museau de bête !

– Jour et nuit, j'attends que vous décidiez de mon sort, se plaignit-elle. Vous jouez avec moi comme si j'étais une souris entre vos griffes…

– Si tu acceptais de t'abandonner, je pourrais combler tous tes désirs…

Belle se leva brusquement de table en rétorquant :

– Vous pensez sincèrement qu'un être tel que vous serait en mesure de combler une femme telle que moi ?

D'un bond félin, la Bête sauta lestement sur la table et fondit sur elle, renversant carafe, verres et chandeliers, pour s'arrêter à quelques centimètres de son visage.

Comme Belle lui faisait front, ses pupilles se teintèrent de rouge. La Bête gronda :

– Baisse les yeux.

La jeune fille soutint son regard durant quelques secondes avant de lui obéir.

– Je sais ce que je suis. Résiste tant que tu veux, tu seras à moi, proféra le fauve.

Chapitre huit

Un couinement terrifié s'échappa de sous la table. Les petites créatures, blotties les unes contre les autres, tremblaient de peur.

Avec un rugissement furieux, la Bête s'engouffra dans l'obscurité.

Une fois qu'elle eut disparu, Belle se leva, droite et digne, se munit d'un bougeoir et regagna bien vite l'étage. Arrivée dans sa chambre, elle bloqua la porte avec un fauteuil, puis entreprit d'ôter sa robe tout en marmonnant:

– Cette façon de me tutoyer et de me donner des ordres: « Mange », « ne me regarde pas », « fais ci, fais ça »... Je vais lui apprendre les bonnes manières à cet animal.

Elle sauta sur son lit et bourra son oreiller de coups de poings rageurs. Soudain, elle s'interrompit en poussant un petit cri de surprise.

– Qu'est-ce donc que... ?

Entre les coussins, elle découvrit une poupée faite de brindilles grossièrement ficelées, avec quelques mèches blondes sur la tête.

– Ça alors… mais c'est moi ! s'exclama-t-elle, aux anges. Mon portrait craché. Quel merveilleux cadeau ! Je me demande qui a bien pu me fabriquer une si jolie poupée !

Un murmure ravi lui répondit :

– Taaaadums !

Elle balaya la chambre du regard.

– Où vous cachez-vous ? Montrez-vous, je ne vais pas vous manger ! Bon, je la pose sur la commode, ainsi, je l'aurai toujours auprès de moi.

Tapis sous le lit, les Tadums, puisqu'ainsi s'appelaient les petites créatures, laissèrent échapper des gloussements joyeux.

Un peu rassérénée, Belle se coucha sous son douillet édredon de velours bleu brodé de roses d'or.

Chapitre neuf

Dès que Belle eut fermé les yeux, un vent surnaturel se mit à souffler à travers le château. Il souleva les tentures défraîchies, fit tinter les lustres de cristal. Dans le parc, une nuée de lucioles s'échappa du grand massif de roses, jaillissant de la flèche d'or plantée dans le cœur de la statue.

Comme la nuit précédente, elles voletèrent jusqu'à la fenêtre de Belle et pénétrèrent dans sa chambre. Elles tourbillonnèrent autour de son front pour lui inspirer un songe étrange…

Une fois de plus, Belle rêva qu'elle poursuivait une biche dorée constituée de lucioles dans les couloirs sombres du château. L'animal la guida jusqu'à la salle de bal, où se trouvait la grande glace au cadre sculpté de cerfs. Intriguée par la musique qui s'en échappait, Belle s'arrêta pour contempler la scène. De l'autre côté du miroir, on donnait un bal.

Seigneurs et dames parés des plus beaux atours entouraient la princesse et le prince. Lorsque ce dernier prit la parole, musiciens et invités firent silence.

– Mes amis, aujourd'hui est un grand jour ! annonça-t-il en regardant tendrement son épouse. Notre royaume va enfin avoir un héritier !

La cour applaudit cette nouvelle. Sur ce, le menuet reprit et le couple princier ouvrit le bal.

– Tu n'as jamais été aussi beau, glissa la princesse à l'oreille de son bien aimé.

– Parce que je n'ai jamais été aussi heureux.

– Mais surtout, n'oublie pas ta promesse, lui rappela-t-elle.

– Laquelle ?

– Laisser la vie sauve à la biche dorée.

Dans le tumulte de la fête, le visage du prince s'assombrit soudain, contrastant avec la joie de ses sujets.

Lorsque Belle revint à elle, elle était debout au milieu de sa chambre, tournoyant comme une somnambule dans la lueur dorée de l'aube. Il lui semblait encore entendre au loin les éclats de voix, les dernières notes du bal. Elle n'avait néanmoins pas quitté la pièce et la porte était toujours bloquée par un fauteuil ... Cependant, sur le mannequin, trônait dorénavant une superbe robe d'un bleu changeant, parée de pierreries scintillantes !

Toute vêtue de bleu, les cheveux retenus par un bandeau tressé assorti, Belle partit explorer le château, déterminée à percer les secrets de la Bête. Elle se perdit dans un dédale de couloirs délabrés et de passerelles qui ne menaient nulle part, avec, toujours, la sensation confuse d'être suivie.

Dans une longue galerie ornée de trophées de chasse, elle s'immobilisa un instant, croyant distinguer des pas feutrés dans son dos. Le bruit léger s'arrêta. La jeune fille décida alors de se cacher derrière une tenture pour surprendre celui ou celle qui la guettait. À travers la tapisserie élimée, elle aperçut une petite troupe de Tadums qui avançaient à pas méfiants, inquiets de ne plus la voir. Tandis qu'elle les observait, une minuscule araignée vint se poser sur son nez. Elle sursauta, décrochant la tenture du mur.

Effrayées, les petites créatures dodues s'éparpillèrent en poussant des cris aigus. Tout en riant, Belle épousseta sa robe pleine de toiles d'araignées. Brusquement, son rire se figea. En tombant, la tapisserie avait démasqué un passage secret !

Intriguée, la jeune fille s'engagea dans l'étroit escalier en colimaçon qui montait, montait, montait dans les ténèbres… Au sommet des marches vermoulues, elle découvrit une chambre en soupente. Les étroites fenêtres offraient une vue panoramique sur le domaine... et sur les innombrables corbeaux qui tournoyaient sans fin, encerclant la tour. Un simple matelas posé à terre servait de couche rudimentaire. Belle y distingua une forme animale, quelques poils... elle crut reconnaître l'empreinte du corps de la bête.

Soudain, un croassement attira son attention. Un corbeau était perché sur un cadre couvert d'un drap, posé contre le mur du fond. Lorsque Belle s'approcha, l'oiseau s'envola. En dévoilant le tableau, elle fut saisie de stupeur : le portrait représentait le prince et la princesse qui hantaient ses rêves ! Ils se tenaient par la main, tendrement unis. Belle ne pouvait détacher son regard du prince. Pourquoi avait-elle l'étrange impression qu'il la fixait ? Ce n'était pourtant qu'un tableau, n'est-ce pas ?

Ce soir-là, Belle fut ponctuelle. Avant même que le carillon ne sonne, elle s'attabla pour le dîner dans la grande salle à manger. En attendant la Bête, elle éplucha une orange qu'elle tendit quartier par quartier aux Tadums. L'un d'eux s'empara de l'écorce du fruit pour en faire une fleur et lui offrit.

– Oh ! s'exclama-t-elle. Mais c'est une rose !

Le visage de la jeune fille s'assombrit.

– Vous avez dû croiser mon père quand il est venu ici…

Lorsque les sept coups retentirent, les adorables créatures disparurent en un éclair sous la table. Belle se tendit soudain en sentant la Bête approcher dans son dos.

Telle une enfant sage, elle se mit à déguster son potage.

– Je te prie de m'excuser, pour hier soir…, commença la Bête.

Comme Belle ne répondait pas, la Bête poursuivit :

– Je dois admettre que tu combles un grand vide…

Il effleura de ses griffes la soie bleu nuit.

– Tu es si belle dans cette robe ! Dis-moi, Belle, mes cadeaux ont-ils l'heur de te plaire ?

Sa patte remonta vers les boucles dorées qui tombaient en cascade sur la nuque de la jeune fille.

– Tu ne réponds point ?

Belle reposa sa cuillère sur la table.

– Ma famille me manque.

– Oublie-les, ordonna la Bête. Ils n'existent plus.

Elle fixa alors son regard sur lui.

– Vous trouvez peut-être commode de reléguer votre passé dans l'oubli, mais moi, je n'y ai pas renoncé.

– Tu ne sais rien de moi ! s'emporta la Bête.

Belle allait répliquer, mais elle se ravisa et reprit d'un ton posé :

– Rien du tout, vous avez raison. Je vous propose un marché : vous m'accordez quelques heures en compagnie de ma famille…

– Contre quoi ?

Belle lui sourit.

– En échange d'une danse. Une valse... et vous me laissez les revoir.

– Tu me fais l'aumône...

– Je vous guiderai, si cela vous effraie, proposa-t-elle.

Les babines du fauve se retroussèrent de plaisir.

Belle se leva. La Bête lui offrit le bras d'un geste princier et la mena ainsi jusqu'à la salle de bal.

Au centre de la pièce majestueuse, la Bête s'inclina devant sa partenaire, à la manière d'autrefois.

À sa grande surprise, Belle s'approcha, lui prit une patte pour la poser sur sa hanche, puis glissa la main dans l'autre. Comme la jeune fille frémissait au contact de ses griffes acérées, la Bête les rétracta aussitôt.

– Danser avec moi ne t'effraie pas ?

Sans répondre, Belle l'entraîna dans une valse tourbillonnante.

– Laissez-vous aller, je vous guide.

Chapitre neuf

Rapidement, les pas de la Bête se firent plus assurés. Ils distinguèrent les échos d'une mélodie dans le lointain, qui bientôt résonna sous les dorures fanées. Belle ferma les yeux, transportée par la musique… et la salle de bal retrouva comme par magie sa magnificence d'autrefois. L'étrange couple – Belle au bras de la Bête – valsait au milieu d'une foule joyeuse, dans l'éclat des lustres de cristal brillant de mille feux. Belle plongea les yeux dans ceux de la Bête. Pour la première fois, ils se dévisagèrent sans crainte. Ils tournoyaient de plus en plus vite, applaudis par les autres danseurs. La jeune fille posa la tête contre le torse puissant de la Bête et s'abandonna jusqu'à ce qu'elle l'entende murmurer dans un souffle :

– Belle, voulez-vous m'aimer ?

Elle s'arracha alors brusquement à son étreinte. Le charme était rompu. La salle de bal redevint sinistre, grise et froide. Sous les lustres éteints, dégoulinants de cire figée, Belle déclara simplement :

– Nous avons conclu un marché. À votre tour de respecter votre promesse.

– Cela fait bien longtemps que je ne promets plus rien à personne, répliqua la Bête avant de faire volte-face.

En la regardant s'éloigner, Belle lança :

– Vous vous drapez dans les parures d'un prince, vous croyez être un homme, mais vous n'êtes qu'une bête cruelle et solitaire. Vous pourrez tout essayer, me soudoyer, m'envoûter… vous ne cesserez de me répugner.

La Bête quitta la pièce d'un pas chancelant et, une fois hors de la vue de Belle, elle se retint au mur, touchée en plein cœur par ses mots blessants.

Chapitre dix

Ce soir-là, Belle était bien trop agitée pour trouver le sommeil. Alors qu'elle se tournait et se retournait dans son lit, elle entendit des pas lourds résonner dans le grand hall.

Sans bruit, elle se faufila hors de sa chambre et gagna sur la pointe des pieds la galerie des trophées. Cachée derrière une statue, elle aperçut la Bête revenant vraisemblablement de la chasse, avec un sanglier en travers des épaules. Le fauve écarta la tenture pour s'introduire dans le passage secret. À pas de loup, elle le suivit dans l'escalier en colimaçon.

Arrivé dans sa soupente, en haut de la tour, il déposa la dépouille du sanglier, puis s'agenouilla devant le portrait du prince et de la princesse.

Il ôta ses bottes, révélant des pattes musclées et griffues de lion, et se jeta sur le gibier avec un cri sauvage.

Bouleversée par ce spectacle, Belle se recula dans l'ombre de l'escalier, le cœur battant, avant de dévaler les marches en toute hâte. Enfilant galeries et escaliers, elle traversa le château, puis le parc, sans cesser de courir, courir aussi vite que ses jambes pouvaient la porter. Elle parvint à retrouver la faille rocheuse menant à l'extérieur. Au moment où elle quittait le domaine de la Bête, laissant derrière elle le printemps enchanté du parc pour retrouver le dur hiver des bois, un rugissement furieux résonna dans la nuit.

Au cœur de la forêt, Belle se frayait un passage entre les arbres, ralentie par la neige épaisse. Dans son dos, les grognements de la Bête se rapprochaient.

Chapitre dix

Elle courait sans s'arrêter, éperdue de terreur. Hélas, elle déboucha sur un lac gelé qui s'étendait à perte de vue. Elle était prise au piège.

Jetant un coup d'œil par-dessus son épaule, elle aperçut la Bête, toute proche, vêtue de fourrures blanches. Pour lui échapper, Belle n'avait d'autre issue que de s'aventurer sur la glace. Alors qu'elle progressait à petits pas sur la surface gelée, la Bête se jeta sur elle d'un bond spectaculaire, lacérant l'étoffe de sa robe de ses griffes. Déséquilibrée, Belle tomba à la renverse et sa tête heurta violemment la glace.

Le poil hérissé, le museau palpitant de fureur, la Bête se pencha sur elle. Son souffle blanchi par le froid lui effleura le visage.

– Maintenant vous savez ce que je suis : une bête qui dévore les autres bêtes. Dites-moi encore que je vous répugne. Dites-le-moi…

Comme Belle, pétrifiée de peur, ne répondait rien, la Bête s'approcha plus encore pour l'embrasser.

Au moment où leurs lèvres allaient se toucher, avec un crissement inquiétant, un faisceau étoilé se forma autour du corps de la jeune fille. La glace était en train de rompre sous leur poids !

Belle poussa un hurlement de frayeur en s'enfonçant sous la surface gelée, engloutie par les eaux noires et glacées du lac. Tendant sa patte griffue avec la vivacité d'un félin, la Bête réussit à la rattraper avant qu'elle ne soit emportée par le courant. Son sauveur la hissa hors de l'eau, transie et grelottante. Alors qu'il la portait dans ses bras, comme une enfant, Belle perdit connaissance.

La Bête rentra vite au château afin de déposer la jeune fille évanouie sur son lit. Sa simple volonté suffit à allumer une flambée dans la cheminée pour la réchauffer. Il la recouvrit de son manteau de fourrure blanche et s'agenouilla à son chevet, ravagé par l'inquiétude.

De frustration, ses pattes griffues se crispèrent, déchirant l'édredon.

– Belle ! gémit-il. Restez avec moi ! Tant pis si vous ne m'aimez pas et que je demeure maudit pour le restant de mes jours. Je veux seulement continuer à vivre à vos côtés.

Au désespoir, il enfouit son museau de fauve dans les draps. Entrouvrant les paupières, Belle eut l'impression, durant une fraction de seconde, de voir ses pattes velues devenir presque humaines. Puis elle perdit à nouveau connaissance.

Le lendemain, le soleil eut beau se lever sur le domaine, Belle était trop faible pour partir explorer les lieux comme elle en avait pris l'habitude. Elle passa la journée étendue sur son lit, immobile. Seul son souffle léger qui soulevait doucement les draps témoignait qu'elle était encore en vie.

Et elle était toujours inconsciente lorsque le soleil se coucha. Les sept coups du carillon résonnèrent dans la salle à manger déserte. Les chandeliers s'éteignirent un à un, plongeant le château dans la pénombre.

Pendant ce temps, la Bête allait, venait dans son réduit exigu au sommet de la tour, se rongeant les sangs d'impuissance. Que faire pour éveiller Belle, la tirer de cette transe où elle était plongée ?

Au crépuscule, le fauve descendit dans le jardin. Sur le rosier géant, de jeunes boutons s'ouvraient, déployant leurs pétales veloutés et parfumés. Il prit son temps pour choisir la plus belle rose d'entre toutes et la cueillit délicatement.

Quand vint la nuit, n'y tenant plus, il s'introduisit à pas de velours dans la chambre de la jeune fille et s'agenouilla de nouveau au pied de son lit. Il la contempla, les yeux voilés de tristesse.

De ses grosses pattes félines, il lui caressa le front avec une infinie douceur. Sous ses caresses, elle battit des paupières… et reprit connaissance. La Bête déposa alors la rose fraîchement éclose sur l'édredon en déclarant :

– Je vous autorise à voir votre famille une dernière fois.

Belle leva les yeux vers lui, incrédule.

– C'est vrai ? Vous ne me dites pas cela pour me torturer ?

– Je vous accorde une journée, pas plus. Vous partirez dès l'aube.

Belle se redressa, retrouvant instantanément toute sa vivacité. Ses joues avaient repris leur couleur rosée et ses yeux leur éclat.

– Il faut que je me prépare alors ! décréta-t-elle. Oh, j'ai une faim de loup !

Avec de petits cris ravis, les Tadums surexcités s'engouffrèrent dans la pièce, chargés de plateaux de fruits. Dans leur précipitation, ils trébuchèrent, renversant pommes et oranges qui roulèrent en tous sens.

La Bête quitta le chevet de la jeune fille pour se pencher au-dessus du bassin d'améthyste, puis revenant vers elle, ordonna :

– Tendez votre main.

Belle agita les deux dans les airs.

– Laquelle ?

– Je ne sais… qu'importe ! La gauche…

– Vous n'allez tout de même pas m'offrir une bague ? s'étonna-t-elle.

– Oh, taisez-vous un peu, par pitié !

Comme elle tendait la main gauche, la Bête y déposa une petite fiole de cristal montée en pendentif sur un sautoir en perles de corail. À l'intérieur, de minuscules points lumineux voltigeaient dans le liquide clair.

Le fauve plongea les yeux dans les siens avec une gravité soudaine.

– Vous connaissez les pouvoirs de guérison de cette eau. Si par malheur vous vous blessez, s'il vous arrive quoi que ce soit…

– Il ne m'arrivera rien, le coupa-t-elle.

– Belle… si vous ne revenez pas…

– Je sais, vous nous tuerez tous, compléta-t-elle d'un ton abrupt.

– Non, j'en mourrai, affirma-t-il en détournant la tête.

– Je serai là à sept heures, promit Belle.

Chapitre onze

Aux premières lueurs de l'aube, Belle quitta donc le domaine en chevauchant Alceste. Elle traversa la forêt au galop, sa longue cape rouge volant au vent, les cheveux retenus par un serre-tête ouvragé à la manière d'une branche de corail. Les arbres s'écartaient docilement sur son passage avant de reprendre aussitôt leur place derrière elle.

Lorsqu'elle arriva en vue de la chaumière de son père, Belle était très émue. Elle sauta à bas de sa monture et se rua sur la porte, mais celle-ci était verrouillée. Elle frappa quelques coups joyeux.

Pas de réponse. Pas un bruit…

En faisant le tour de la maison, la jeune fille découvrit que les fenêtres avaient été condamnées à la va-vite. Son cœur s'emballa… Qu'était-il donc arrivé ?

Alors qu'elle s'approchait pour toquer, elle sursauta en voyant un œil apparaître entre deux planches.

– Qui va là ? Je vous préviens, nous sommes armés !

Comment ça ? Jean-Baptiste, si calme et paisible, prenait cette voix menaçante ? Abasourdie, la jeune fille ôta sa capuche en annonçant :

– C'est moi ! Belle !

Des cris de joie fusèrent. Elle entendit qu'on déplaçait des meubles. La porte de la chaumière s'entrouvrit, une main lui saisit le poignet et l'attira vite à l'intérieur. Pourquoi donc tant de précautions ?

Belle se retrouva face à ses trois frères, tous munis de fusils. Tristan le premier lâcha son arme pour se jeter à son cou.

– Je le savais ! Je n'ai pas cessé de leur répéter que tu étais vivante !

À leur tour, Maxime et Jean-Baptiste la serrèrent dans leurs bras.

– Petite sœur chérie !

Cependant, Belle leur rendit à peine leurs baisers, préoccupée de trouver la maison dans cet état : la cuisine était un champ de bataille, un bahut avait été traîné devant la porte pour faire barrage, les fenêtres étaient murées.

Elle pendit sa cape à l'entrée.

Puis elle s'exclama d'un ton de reproche :

– Quel désordre ! On dirait une forteresse en état de siège ! Et que fabriquez-vous avec ces armes ?

Tristan baissa les yeux, la mine sombre.

– Demande donc à Maxime.

Son frère aîné répliqua vivement :

– Tais-toi ! Retourne à ton poste !

– « À mon poste » ? répéta le plus jeune avec aigreur. Tu te prends pour un général, maintenant ?

Jean-Baptiste poussa un profond soupir :

– Oh non, vous n'allez pas recommencer !

– Arrête de prendre sa défense ! l'apostropha Tristan. Tu as tellement peur que tu bois du vin en cachette pour te donner du courage, je t'ai vu !

L'autre s'empourpra.

– Comment ça ? Tu me traites de poltron ?

Comme les deux frères levaient les poings, prêts à se battre, Belle s'interposa.

– Qu'est-ce qui vous prend ? Vous êtes tous devenus fous ?

Jean-Baptiste secoua la tête, accablé.

– Oui, un peu… depuis que tu es partie. Nous avons quelques soucis d'argent… Hum… et nous attendions la visite de… euh, d'amis de Maxime.

Il se tourna vers son frère qui contemplait la cape pendue au portemanteau, fasciné par son fermoir serti de rubis.

– Ne t'inquiète pas, Belle. Tout va s'arranger, assura-t-il. Je crois que j'ai trouvé la solution. Monte donc voir les filles !

Alors que Belle approchait de la chambre de ses sœurs, elle les entendit chuchoter :

Chapitre onze

– Il faut prendre la fuite ! disait Anne. Pas question de laisser Maxime nous vendre comme des esclaves pour payer ses dettes !

– Oh, je ne le supporterais pas, gémit Clotilde. Embarquer sur un navire puant au milieu des marins en sueur…

– Et être obligées de nettoyer les cales, renchérit sa sœur.

– On n'aura qu'à leur dire qu'on ne sait pas faire le ménage et qu'on a le mal de mer !

Comme Belle entrouvrait la porte, elles se tapirent vite derrière un lit. La jeune fille s'avança au milieu de la pièce plongée dans la pénombre en annonçant :

– Je suis revenue !

– Clotilde ! murmura Anne, toute tremblante. Est-ce que tu vois ce que je vois ?

– Le fantôme de Belle qui vient nous hanter ! Tout rouge, tout ensanglanté !

– Mais, protesta Belle, c'est moi, votre sœur !

Elle se pencha pour les voir. Comme elles se renfonçaient davantage dans leur cachette, Belle décida de s'amuser un peu.

Elle reprit d'une voix spectrale :

– Vous ne rêvez point, mes sœurs adorées... C'est bien moi ! Je suis venue vous faire un dernier adieu.

Anne et Clotilde reculèrent, terrifiées.

– Même morte, elle est plus jolie que nous, grommela la première, écœurée.

– Regarde cette robe splendide, enchaîna la seconde. Elle a un corset, je parie ! Ça lui fait une taille toute fine.

Belle s'approcha, ouvrant grands les bras.

– Sachez que jamais je ne cesserai de vous aimer !

– Nous aussi, bredouilla Anne, tu es dans notre cœur pour toujours...

– Mais c'est elle qui m'a obligée à prendre ta chambre, tu sais, avoua Clotilde, penaude.

Cessant brusquement sa comédie, Belle leur sauta dessus pour les chatouiller.

– Comment ça ? Espèce de chipies !

Ses deux sœurs poussèrent des hurlements de terreur.

Chapitre onze

– Oh, tu nous as fait une de ces peurs, haleta Anne, une fois revenue de sa surprise.

– Oui, vilaine ! J'ai failli m'évanouir ! fit Clotilde d'un ton de reproche.

Belle s'assit sur le lit, très contente d'elle.

– Je vous ai bien eues ! Bon, assez plaisanté ! décréta-t-elle. Je vais aller voir notre père. Ensuite, vous m'expliquerez ce qui se passe dans cette maison.

Voyant ses sœurs pâlir, elle demanda :

– Eh bien, où est-il ?

Les deux aînées se regardèrent, embarrassées.

Clotilde écrasa une larme avant de lui confier d'une petite voix :

– Papinou est si triste depuis ton départ qu'il ne veut plus se lever.

– Il ne veut même plus se réveiller, renchérit Anne.

La gorge serrée, Belle se redressa d'un bond pour se précipiter dans la chambre de son père.

Elle découvrit le marchand alité dans

l'obscurité. Son souffle irrégulier soulevait à peine sa poitrine.

La jeune fille se jeta sur le grand lit en bois et lui prit la main.

– C'est moi, Belle ! Je suis là ! Regardez, Papa chéri ! Ouvrez les yeux ! Faites-le pour moi ! supplia-t-elle.

Comme son père ne bougeait pas, elle éclata en sanglots. Elle pleura, pleura, pleura... mais toutes ses larmes n'y changèrent rien. Le marchand demeurait inconscient.

Elle se blottit alors contre lui et, entre deux hoquets, lui conta ses aventures dans le domaine de la Bête.

– J'ai compris qu'autrefois, il y a des siècles, c'était un prince, superbe et arrogant... mais il a commis une faute, et il a été transformé en bête.

Elle enfouit son visage dans l'oreiller avant de lui confier son trouble :

– Je suis perdue, père. Je le hais pour tout ce qu'il a fait à notre famille, pourtant il est si bon, si doux avec moi. Quand je suis tout près de lui, j'ai la fièvre, le cœur battant... Il me bouleverse.

Pendant ce temps, au rez-de-chaussée, Maxime mettait son plan à l'œuvre. Il décrocha la cape rouge de sa sœur du portemanteau.

Jean-Baptiste leva les yeux de son manuscrit.

– Que fais-tu ? Oh non, je n'aime pas quand tu as ce regard plein de convoitise.

D'un coup sec, Maxime arracha le fermoir serti de rubis.

– As-tu déjà vu un bijou avec des pierres de cette taille ? Et je suis sûr qu'il y en a encore davantage chez la Bête. Rappelle-toi les coffres que Père a rapportés du château. Allez, viens, on a peut-être encore une chance d'arrêter Perducas avant qu'il n'arrive ici.

Jean-Baptiste se mit debout docilement, prêt à suivre son frère aîné.

Horrifié, Tristan les dévisagea en protestant :

– Vous n'allez tout de même pas faire ça !

– C'est notre seule chance. Cela réglera tous nos problèmes, plaida son frère aîné.

Le jeune garçon se plaqua contre la porte d'entrée, les bras en croix.

– Moi vivant, vous ne sortirez pas de cette maison.

– Ne fais pas l'enfant ! Pousse-toi ! ordonna Maxime, agacé.

– Pas question, persista-t-il.

D'un coup de poing à la mâchoire, Maxime écarta son frère du passage. Jean-Baptiste le rattrapa avant qu'il ne s'effondre sur le sol et l'allongea délicatement sur le sol, assommé.

Les deux complices s'empressèrent de quitter la chaumière. Ils enfourchèrent vite Alceste et partirent au galop vers la forêt.

Tandis qu'ils chevauchaient, pris de remords, Jean-Baptiste fit remarquer :

– Tu es en train de trahir Belle.

– Au contraire, je sauve toute la famille, affirma Maxime. Elle comprendra.

– Ah parce que, maintenant, tu es notre sauveur, railla son frère.

– Ta morale, ta vertu ne sont que prétextes pour camoufler ta peur. Si tu veux devenir un homme, il va falloir que tu apprennes à prendre des risques.

Arrivés à la lisière de la forêt, ils firent ralentir leur monture et s'arrêtèrent. Maxime scrutait l'horizon.

– Perducas ne devrait pas tarder à arriver, dit-il d'une voix un peu tendue. J'espère qu'on pourra l'intercepter. En principe, il est obligé de passer par ici pour rejoindre la chaumière.

L'attente leur parut interminable. Même Maxime, qui avait l'habitude de fréquenter les bandits, redoutait un peu cette rencontre. Ils le menaçaient depuis des mois et ne le laisseraient en paix que lorsqu'il aurait remboursé ses dettes de jeu. Certes, il avait dupé Belle, mais il n'avait pas le choix.

Sautant à terre, Maxime poussa un soupir.

– Tu aurais sans doute préféré avoir un autre frère que moi…

Jean-Baptiste se campa auprès de lui en le rassurant :

– Jamais de la vie, vieille barrique. Ne t'inquiète pas, je surveille nos arrières.

Peu après, ils entendirent des cris, des hennissements qui se rapprochaient. Une dizaine d'hommes arrivaient au galop. Perducas, le visage balafré de part en part, venait en tête. Astrid, la voyante, était montée en selle derrière lui, sa longue chevelure brune flottant au vent.

Les bandits encerclèrent aussitôt les deux frères. Perducas s'approcha, l'air crâne.

– Qu'est-ce que tu fais là, mon lapin ? Je croyais qu'on devait se retrouver à ta bicoque ? Regarde, mes hommes se sont faits tout beaux pour rencontrer tes sœurs !

Maxime s'éclaircit la voix avant d'annoncer :

– J'ai un marché à te proposer.

– Il n'y a plus de marché qui tienne. J'ai déjà été trop patient.

– Ah oui ? Et que dis-tu de ça ? lança

Maxime en sortant le fermoir serti de rubis de sa redingote.

Perducas le fixa, fasciné, en sifflant :

– Ça brille !

D'un geste vif, le bandit le lui prit des mains.

– Il provient d'un château abandonné, expliqua Maxime. Je t'y emmène, tu emportes le reste du trésor et tu effaces ma dette.

Perducas se tourna vers sa compagne en brandissant le bijou.

– Tu as vu, Astrid ? Les pierres sont de la couleur de tes lèvres.

Il s'empressa de l'empocher avec un sourire avide.

– Des cailloux comme ça, il y en a combien là-bas ? demanda-t-il.

– Des coffres entiers, promit Maxime.

Perducas pointa son doigt contre la gorge du jeune homme d'un geste menaçant.

– Je te conseille de ne pas me décevoir, mon lapin. C'est ta dernière chance, tu sais.

Résolu, Maxime ordonna :

– Que tes hommes se rangent derrière moi pour me suivre.

Comme leur chef leur faisait signe d'obéir, les bandits s'exécutèrent.

Méfiant, Perducas vit Maxime se pencher à l'oreille de son cheval. Que pouvait-il donc lui murmurer ?

Mais sous leurs yeux ébahis, l'animal s'élança à vive allure et toute la forêt s'ouvrit devant lui. Les arbres se courbèrent, les buissons s'écartèrent pour le laisser passer.

Désignant le chemin où Maxime et Jean-Baptiste s'éloignaient déjà, Perducas ordonna :

– En route vers la fortune, mes lascars !

Chapitre douze

Entre-temps, ignorant tout des projets de ses frères, Belle s'était endormie auprès de son père. Pendant son sommeil, une luciole se faufila hors des plis chatoyants de sa robe rouge. Elle voleta dans la chambre avant de revenir se poser sur son front, plongeant de nouveau la jeune fille dans un songe étrange…

Belle courait dans la forêt, obscure et silencieuse, sur les traces de la biche dorée. Celle-ci l'entraîna jusqu'au miroir magique qui, cette fois, était enchâssé dans l'écorce d'un chêne séculaire. L'animal passa au travers…

De l'autre côté du miroir, il faisait jour. La biche dorée buvait paisiblement au bord d'un étang. Cachés derrière un bosquet, le prince et ses compagnons de chasse l'observaient.

Tout excité de la voir si proche, Étienne murmura :

– Regardez ses flancs qui palpitent et son pelage luisant.

– Je sens presque son odeur, renchérit Louis.

– Son heure est venue, annonça Thierry.

Mais le prince leur rappela :

– Elle est à moi, compris ?

Soudain, le bel animal se figea, aux aguets. Puis il détala à travers la forêt.

Aussitôt, la meute se lança à ses trousses dans un concert d'aboiements.

Les chasseurs traquèrent la biche entre les arbres rouge et or. Mais son pelage se confondait avec les feuillages d'automne. Ils avaient donc toutes les peines du monde à la repérer. Ils la poursuivirent jusque dans le parc du château, où elle se retrouva à découvert.

Lâchant les rênes de son cheval, le prince pointa son arbalète, visa avec soin et tira. La flèche atteignit la biche en pleine course.

Il sauta à bas de sa monture, salué par les aboiements excités de la meute et les cris victorieux de ses compagnons. Mais tandis qu'il s'approchait de sa proie, prêt à lui porter le coup fatal, le prince s'immobilisa. La biche le fixait de ses grands yeux en amande, frangés de longs cils. Ce regard… il le connaissait ! Ce regard lui était plus cher que tout au monde…

Lentement, la biche prit forme humaine, confirmant ses pires craintes : il s'agissait de la princesse, sa douce, sa vie, sa bien-aimée ! La funeste flèche d'or était plantée dans sa poitrine, juste au-dessus de son sein gauche.

Le prince tomba à genoux, serrant son épouse dans ses bras. Autour de lui, les chiens de la meute se mirent à hurler à la mort. Ses compagnons tentaient vainement de calmer leurs chevaux qui piaffaient.

– Non, non ! C'est impossible..., murmura-t-il. Regarde-moi, parle-moi, dis-moi que tout cela n'est pas réel.

Rassemblant ses dernières forces, la princesse caressa le visage ruisselant de larmes de son époux.

– Je suis la nymphe des Bois. J'ai eu le droit de prendre forme humaine pour connaître ce que les hommes appellent l'amour. Et je t'ai connu, toi, mon prince.

– Pardonne-moi..., sanglota-t-il.

Le jour s'obscurcit brusquement. Au-dessus d'eux, s'amoncelaient de menaçants nuages noirs. La princesse les fixa en implorant :

– Père, dieu de la Forêt ! Épargnez mon adoré car il a rempli votre fille d'un amour éternel ! Père, épargnez-le !

Et après avoir lancé cette supplication vers le ciel, elle rendit son dernier souffle dans les bras du prince.

Chapitre douze

En cet instant, le temps sembla s'arrêter : pétrifiés les compagnons du prince sur leurs cheveux cabrés, pétrifiée la meute hurlante, pétrifiés les piqueurs qui s'enfuyaient, pris de panique...

Un grondement terrible ébranla les cieux et une voix tonitruante retentit :

– Pour avoir tué ma fille, je fais de toi une bête. Seule une femme pourra te sauver, mais quelle est celle qui voudra t'aimer ? Sois maudit pour l'éternité !

Le prince se releva, effaré par le crime qu'il avait commis, terrifié par les terribles conséquences qui en découlaient.

Le sang qui avait jailli de la blessure de sa femme s'était infiltré dans la terre, donnant naissance à un rosier aux fleurs écarlates. Les fines tiges épineuses s'élancèrent, s'étirèrent, s'étoffèrent, déployant leur feuillage vert foncé et leurs boutons vermillon sous le ciel en furie jusqu'à former un gigantesque massif de roses, le plus grand, le plus beau que la terre eût jamais porté.

Les nuages s'écartèrent alors, révélant un crépuscule rougeoyant.

Baigné dans cette lumière sanglante, le prince se crispa comme sous l'effet d'une violente douleur. Impuissant, il vit sa peau se couvrir de fourrure, ses doigts se changer en griffes, son corps svelte se transforme pour devenir celui d'un fauve…

Le prince n'était plus homme, mais bête.

Belle se réveilla en sursaut, bouleversée, et porta la main à son cœur.

Elle sentit alors sous ses doigts le pendentif, cadeau de la Bête.

– Mais oui ! Que n'y ai-je songé plus tôt !

Toute tremblante, elle se pencha vers son père malade, ôta le capuchon de la fiole et versa entre ses lèvres quelques gouttes du liquide magique.

Puis elle guetta la réaction, pleine d'espoir.

Au bout d'un instant, le marchand ouvrit lentement les yeux.

– Mon enfant !

Ses forces retrouvées, il se redressa et enlaça sa fille chérie.

– Belle, tu m'as tellement manqué !

La jeune fille couvrit de baisers son visage ridé, ses mains parcheminées.

– Mais il faut que je vous prévienne, je vais repartir, père. Je dois retourner là-bas. Ne croyez pas que je vous abandonne.

Il la toisa d'un regard bienveillant.

– Je sais, ma fille, ne t'inquiète pas. Je vois qu'il y a quelque chose de changé en toi… Ton regard… Ta voix aussi…

Belle lui sourit.

La porte s'ouvrit alors d'un coup, et Tristan apparut, massant son menton endolori.

– Belle, ils…

Il s'interrompit en apercevant son père revenu à lui.

– Père ! Père, mais… oh, quel bonheur !

Et sans plus attendre, il fila chercher ses sœurs.

Le marchand se pencha et tira de sa table de chevet un mouchoir, qu'il déplia délicatement. Au centre se trouvait la rose volée chez la Bête. Ses pétales étaient intacts, toujours aussi rouges et veloutés.

– Voici la rose que je t'avais promise et que je n'ai jamais eu l'occasion de te donner.

– Gardez-la, répondit Belle en serrant sa main dans la sienne. Ainsi vous penserez à moi quand vous la regarderez.

On entendit des cris de joie puis une cavalcade dans le couloir.

Les deux filles aînées du marchand firent irruption dans sa chambre.

– Papinou ! s'écria Anne.

– Tous ces morts qui ressuscitent ! s'exclama Clotilde. C'est le plus beau jour de ma vie !

Elles se jetèrent sur lui pour l'embrasser. Belle se joignit aux effusions. Les trois sœurs se serrèrent contre leur père.

– Arrêtez ! Arrêtez ! protesta-t-il pour la forme en leur caressant les cheveux. Vous m'écrasez, espèces de folles ! Je suis si heureux de vous voir toutes réunies…

Chapitre douze

Hélas, les meilleures choses ont une fin et bientôt l'horloge du salon sonna six heures.

Après avoir tendrement pris congé de son père et de ses sœurs, Belle dévala l'escalier en trombe.

– Il faut que je me dépêche ! Mais... où sont passés les garçons ?

Tout honteux, Tristan lui tendit sa cape en expliquant :

– Maxime a arraché le fermoir et il a aussi pris le cheval. Ils sont partis avec Jean-Baptiste. Je n'ai pas pu les retenir. Pardonne-moi, Belle !

La jeune fille contempla son vêtement, hésitant entre fureur et désespoir.

– Oh non, il n'a pas osé ! Quel idiot ! Comment vais-je faire ? Seul Alceste connaissait le chemin jusqu'au château et je dois être rentrée pour sept heures !

– J'ai pourtant essayé de l'en empêcher, je t'assure, se désola Tristan. Si tu veux, nous avons un autre cheval. En partant vite, nous pourrons peut-être les rattraper.

– Je me doute bien que tu n'y es pour rien, le rassura sa sœur. Allons-y, je te suis.

Montés en selle, l'un derrière l'autre, Tristan et Belle partirent au galop. Les traces étaient encore fraîches sur le chemin. Arrivés à la clairière, ils constatèrent que des dizaines de sabots avaient creusé la neige. Visiblement, Jean-Baptiste et Maxime n'étaient pas seuls. Ils s'enfoncèrent dans la forêt sur leur piste, mais bientôt ils furent forcés de ralentir, car la végétation était de plus en plus fournie. Les chevaux avaient quitté le sentier... et leurs empreintes s'arrêtaient devant un épais buisson de ronces, si dense qu'il en était impénétrable. Tristan mit sa monture au pas pour le contourner, en vain.

– Nous ne pourrons pas aller plus loin. Impossible de traverser ces ronces. Je ne sais pas comment ils ont fait.

Belle se tordit les mains d'impuissance.

– Il le faut pourtant, je dois être rentrée à sept heures ! répéta-t-elle, butée.

L'angoisse la rongeait. Elle s'inquiétait

pour la Bête. Elle s'inquiétait pour ses frères. Un drame couvait, elle le sentait !

Soudain, elle aperçut une tache blanche dans les branchages. Elle se pencha, le cœur battant.

– C'est le ruban que j'ai perdu en me rendant au château la première fois. Nous ne sommes plus très loin, j'en suis sûre !

Elle mit pied à terre et tenta de se frayer un passage à travers les ronces. Mais les épines s'accrochaient à ses cheveux blonds, à sa belle robe rouge, lui barraient le passage. Elle étouffa un cri de rage et de douleur.

Tristan tenta de la raisonner :

– Belle, reviens ! Tu n'y arriveras pas ! Tu vas te faire mal !

– Si, j'y arriverai, s'obstina-t-elle, ravalant ses larmes.

Mains et visage éraflés, elle rampa jusqu'au cœur du buisson avant de s'affaler à terre, épuisée, tache écarlate sur le blanc de la neige. Les yeux clos, elle murmura :

– Dieu de la Forêt, entendez-moi.

Laissez-moi retourner auprès de lui. C'est mon unique désir…

Au-dessus d'elle, les arbres frémirent, comme agités par un vent mystérieux.

– C'est ce que je souhaite… *plus que tout au monde.*

Répondant à sa prière, les ronces s'écartèrent. La forêt entière s'ouvrit devant elle, révélant son chemin secret. Tout au bout, elle aperçut le château de la Bête et ses hautes tours émergeant de la brume.

Belle remonta en selle derrière Tristan que ce miracle avait laissé sans voix.

– Mais qu'est-ce… ? Comment as-tu… ?

– Au galop ! ordonna la jeune fille.

Et le cheval s'élança à bride abattue sur le sentier enchanté.

Chapitre treize

Alors que Tristan et Belle cheminaient à travers la forêt, Maxime et Jean-Baptiste, escortés par Perducas et sa bande, s'engouffrèrent par la faille rocheuse dans le domaine de la Bête. Seule la haute tour du château émergeait de l'épais brouillard nimbant le parc. Les hommes descendirent de leurs montures, armés de fusils, de haches et de masses.

Lorsqu'Astrid mit pied à terre, elle s'immobilisa aussitôt, saisie par un profond malaise. Elle tendit un bras hésitant à travers la brume qui ondoya autour d'elle, la drapant comme une cape et caressant ses longs cheveux.

– Tu as senti quelque chose ? s'inquiéta Perducas.

– Le danger... un sortilège...

– Tout ce qu'on aime ! s'esclaffa le bandit.

Puis il se tourna vers ses hommes pour ordonner :

– Tous les quatre, vous allez ratisser le parc. Les autres, vous nous accompagnez au château.

Il pointa son pistolet sur Maxime et Jean-Baptiste.

– Passez devant, mes lapins, je vous en prie. Et ne vous avisez pas de nous fausser compagnie.

Tandis que les hommes se déployaient à travers le domaine, Astrid demeura quelques pas en arrière, scrutant avec anxiété les alentours. Son regard fut attiré par un étrange scintillement qui perçait le brouillard. Intriguée, elle s'approcha : la lumière provenait de l'intérieur d'un immense massif de roses ! En y pénétrant, elle découvrit la statue de la princesse, éclairée par les lucioles. La flèche d'or plantée en son sein luisait d'un éclat inhabituel.

La voix de Perducas retentit alors dans la brume.

– Astrid ! Viens ! Je n'aime pas quand tu es loin de moi !

Mue par une soudaine impulsion, la jeune femme arracha la flèche d'or et fila rejoindre son compagnon.

Elle le rejoignit au bord du fossé. Les bandits étaient en train de tailler un tronc d'arbre qui leur servirait de bélier pour enfoncer la porte du château.

– Où étais-tu passée, mon amour ? s'étonna leur chef en croisant le regard fiévreux de sa maîtresse.

– Si je te dis qu'il faut partir maintenant, tu me suivras ? murmura Astrid d'une voix rauque.

Apercevant la flèche, Perducas voulut s'en emparer.

– C'est de l'or ? Donne-moi ça !

– Cette flèche a un pouvoir immense, je le sens. Elle nous donnera plus que la fortune… Grâce à elle, on nous respectera, on sera au-dessus de tout…

Le chef des bandits éclata d'un rire sonore.

– Tu m'as promis des montagnes d'or et tu voudrais que je me contente de cette breloque ? Tu plaisantes ?

– Pars avec moi, le supplia Astrid en lui prenant le bras. Quittons cet endroit au plus vite, il est maudit.

Perducas se dégagea de son étreinte.

– Qu'est-ce que tu manigances ? Qui me dit que tu ne veux pas m'éloigner d'ici pour revenir plus tard me voler mon trésor ?

Il la repoussa si violemment qu'elle faillit sombrer dans le précipice.

Outré, Jean-Baptiste fit un pas pour prendre sa défense, mais Maxime le retint en chuchotant :

– Querelle d'amoureux, ne va pas t'en mêler, il t'en cuirait.

La jeune femme, au désespoir, s'agenouilla aux pieds de Perducas.

– Si tu ne crois plus en moi, écoute la prophétie des cartes. L'autre jour, à la taverne, j'ai vu… la mort.

– La mienne ou la tienne ? répliqua Perducas.

– Qu'est-ce que tu préférerais ?

– Ni l'un ni l'autre, mon cœur ! affirma-t-il en se radoucissant soudain. Et puisque tu n'es sûre de rien…

Il ricana en pointant la flèche sur Jean-Baptiste, qui recula, livide.

– … On va dire que c'est lui, ton chevalier servant, qui mourra ce soir ! Ce ne sera pas le premier à succomber pour toi, n'est-ce pas ?

Sur ces mots, il rangea la flèche d'or dans une de ses cuissardes de cuir avant de reprendre à l'adresse de ses hommes :

– Assez bavardé. Alors elle ne va pas s'ouvrir toute seule, cette porte !

Tandis que les bandits reculaient sur le pont pour prendre leur élan, brandissant leur bélier improvisé, Perducas saisit Astrid par le poignet.

– Quand on sera dans le château, je ne veux pas que tu me quittes d'une semelle.

– Je n'entre pas, rétorqua-t-elle. Une menace sourde m'interdit de franchir cette porte.

Les premiers coups ébranlèrent l'immense battant en bois. Les hommes reculèrent et repartirent à l'assaut, redoublant d'efforts. Il finit par céder et s'abattit avec un grincement sinistre dans le hall.

Poursuivant sur leur lancée, les bandits enfoncèrent ensuite la porte de la salle à manger. Sous le regard médusé de Maxime et de Jean-Baptiste, ils mirent la pièce à sac, brisant les statues de lions de la cheminée pour s'emparer des rubis qui figuraient leurs yeux, arrachant les bois d'or des cerfs, fourrant l'argenterie dans de grands sacs, et jetant ce qui ne les intéressait pas au feu.

– Du nerf, mes lascars ! les encouragea Perducas. On a encore les étages à visiter !

Les bandits l'acclamèrent avec des cris sauvages, et levèrent bien haut leurs sacs de butin.

Chapitre treize

Accrochée aux ronces du plafond, tapie dans l'ombre, la Bête contemplait cette scène de pillage de ses yeux flamboyants.

Chapitre quatorze

Chargés de lourds sacs, les bandits ressortirent du château en claironnant leur joie :

– De l'or, de l'argent, des pierres précieuses ! On est riches comme des princes !

Perducas rejoignit Astrid qui l'attendait de l'autre côté du pont.

– Tu avais tort. Tu vois, rien ne nous est arrivé à l'intérieur.

Écartant ses boucles brunes, il lui caressa le menton.

– Allez, souris. Ne gâche pas la fête. Je peux exaucer tous tes vœux désormais.

Elle lui adressa un sourire triste.

– Dont celui de mourir à tes côtés ?

Il tapota les poches pleines de son habit.

– Ce ne sont plus tes sinistres cartes qui décident, dorénavant. C'est moi !

Maxime et Jean-Baptiste les suivirent, tête basse, alors qu'ils traçaient le chemin en sens inverse afin de sortir du parc.

Soudain, au détour d'une allée, une nuée d'oiseaux effrayés s'envola. L'homme qui ouvrait la marche s'arrêta net, croyant entrevoir un mouvement dans le brouillard. Sur ses gardes, il avança à pas prudents… et ce qu'il découvrit entre les massifs de fleurs lui glaça les sangs.

Surgissant au beau milieu de la pelouse, une gigantesque main de statue ouvrait un à un ses doigts de granit.

Médusé, le bandit recula, sans quitter la monstrueuse apparition des yeux. Il vit la main se poser à plat sur l'herbe afin d'y prendre appui. La terre se souleva pour laisser sortir un bras, puis une épaule géante.

L'homme poussa un hurlement terrifié et lâcha son sac de butin, semant or et pierreries dans l'herbe. Il tourna les talons en bafouillant :

– A-a-attention…

– Qu'a-t-il à pleurnicher, celui-là ? se moqua Perducas qui avançait à tâtons à travers la brume.

– Un-un…

Le malheureux n'eut pas le temps d'en dire plus car une main colossale, surgie du brouillard, se referma sur lui.

Les bandits entendirent un cri déchirant et, quelques secondes plus tard, leur compagnon tomba du ciel. Son corps s'enfonça profondément dans la terre meuble.

Levant les yeux, Astrid vit un immense visage de pierre les fixer d'un regard courroucé.

Perducas brandit son arme et tira. La balle fit voler en éclats le nez du géant qui recula avec un mugissement rageur.

– Réduisez-moi ça en miettes ! ordonna le bandit à sa troupe.

Les bandits ouvrirent le feu, obligeant la gigantesque statue à battre en retraite.

Tous éclatèrent de rire, se félicitant d'avoir vaincu aisément la monstrueuse créature.

Mais leur victoire fut de courte durée car la terre se mit à trembler sous leurs pieds. Leurs sourires triomphaux se figèrent sur leurs lèvres quand deux nouveaux géants surgirent du sol.

Les statues se dressèrent, couvertes de terre et de racines, encore coiffées des massifs de fleurs sous lesquels elles reposaient.

Dans une pluie de pétales, de feuilles et de cailloux, les bandits prirent la fuite en ordre dispersé.

Le géant au nez cassé, furieux, en écrasa un sous ses pieds.

C'est le moment où Tristan et Belle arrivèrent au domaine de la Bête. Ils entendirent d'abord des cris de terreur, puis, à travers le brouillard, ils distinguèrent la scène de débâcle.

– Où sont nos frères ? s'inquiéta Belle.

Tristan tendit le doigt.

– Là-bas, aux côtés de ce maudit Perducas.

Chapitre quatorze

La jeune fille aperçut Maxime et Jean-Baptiste, en compagnie d'un troisième homme. Ils couraient dans la brume, tentant d'échapper au géant lancé à leurs trousses. Mettant sa main en visière, elle repéra la Bête, perchée sur l'épaule de sa créature démesurée, qui la dirigeait, tel un cheval au galop.

Belle reconnut alors dans ces trois géants de pierre les compagnons de chasse du prince, Étienne, Thierry et Louis, eux aussi victimes de la malédiction. Ils semblaient déterminés à éliminer les intrus qui s'étaient introduits dans leur domaine.

– Ils vont les tuer ! gémit-elle, paniquée.

Et, sans plus réfléchir, elle courut à leur secours.

De son poing monstrueux, le géant chevauché par la Bête faisait des moulinets dans le ciel. Il heurta Maxime qui fut projeté en l'air et retomba lourdement dans l'herbe. Blessé à la hanche, il se traîna sur le sol, cherchant désespérément un abri. Jean-Baptiste le rejoignit.

– Non ! Sauve-toi ! ordonna Maxime. Demande à Belle de me pardonner.

– Tu le lui demanderas toi-même, répliqua son frère en le hissant sur son épaule pour le mettre en sécurité derrière une fontaine.

Un mugissement inarticulé leur fit alors lever les yeux. Le géant chevauché par la Bête se dressait au-dessus d'eux, le poing levé, prêt à les écraser comme des mouches.

Belle s'interposa en ouvrant grands les bras.

– Arrêtez !

La Bête rugit. Aussitôt, le colosse de pierre se figea, immobilisant son poing un mètre à peine au-dessus de la tête de la jeune fille.

Perducas profita de ce répit pour se jeter sur elle et lui plaquer son couteau sous la gorge.

– Toi, ma petite, tu vas m'être bien utile, murmura-t-il.

En quelques bonds lestes, la Bête descendit le long du bras du géant et surgit devant le bandit, toutes griffes dehors.

Chapitre quatorze

– LÂCHE-LA !

Perducas, sidéré d'entendre cette créature parler, serra Belle contre lui à la manière d'un bouclier.

– À qui ai-je l'honneur ? Es-tu un lion ? Ou un gros chat ?

– Je suis celui qui va te vider de ton sang, répondit la Bête.

– Je pourrais t'écouter ronronner pendant des heures, railla Perducas. Mais si tu ne veux pas que j'abîme ta jolie poupée, laisse-moi partir.

Belle se débattait. Comme il essayait de la maintenir, sa lame l'écorcha. Quelques gouttes de sang perlèrent et tombèrent à leurs pieds. Aussitôt, autant de fleurs écarlates s'épanouirent sur la pelouse.

Sous le coup de la surprise, le bandit lâcha sa prisonnière.

La Bête se jeta sur lui, mais Perducas le menaça de son couteau.

– Tu vas goûter à ma lame, anim…

Sans lui laisser le temps de finir sa phrase, la Bête le désarma d'un puissant revers de patte et l'envoya rouler dans l'herbe.

– Et toi, tu vas goûter à mes griffes.

Perducas était à sa merci. Son couteau était tombé hors de sa portée. Paniqué, il croisa le regard d'Astrid et fut alors pris d'une soudaine inspiration. Il tendit la main vers la flèche d'or glissée dans sa cuissarde. La jeune femme secoua vigoureusement la tête.

Un cri retentit alors. C'était Belle qui s'agenouillait au pied de la Bête pour implorer sa clémence.

– Je vous en supplie… Souvenez-vous que vous avez été un homme ! Épargnez cette vermine et laissez repartir mes frères. L'important, c'est que je sois là et que je reste avec vous.

Troublée, la Bête eut un instant d'hésitation… qui lui fut fatal, car Perducas saisit l'occasion pour se relever et lui planter la flèche d'or en plein cœur. Belle poussa un hurlement déchirant tandis que la Bête s'effondrait lourdement, inconsciente.

Aussitôt un vent violent se leva, dispersant le brouillard, et révélant un soleil rouge sang. Dans cette lumière de fin du monde, Perducas s'enfuit comme le voleur qu'il était, entraîné par Astrid.

Agenouillée auprès du corps blessé de la Bête, Belle était au désespoir. Elle se tourna vers ses frères :

– Aidez-moi à le porter à l'intérieur !

Malgré sa blessure, Maxime se mit debout et, joignant leurs efforts, les trois garçons parvinrent à soulever la Bête.

Alors qu'ils traversaient le pont, un grondement sinistre monta des profondeurs du fossé. Les ronces tortueuses s'étirèrent en travers du passage et leur barrèrent la route. Ils durent se courber pour se faufiler sous leurs volutes hérissées de piquants.

Haletant sous le poids de leur fardeau, ils gravirent le grand escalier. Autour d'eux, les rosiers sifflaient, se contorsionnaient tels des serpents menaçants. Véritables harpies, ils lacéraient les tentures avec leurs épines et broyaient les sculptures dans leur étreinte funeste. Victime de la fureur végétale, le château se disloquait comme sous l'effet d'un tremblement de terre. Des blocs de pierre tombaient du plafond voûté pour s'écraser à leurs pieds.

Les quatre frères et sœur parvinrent néanmoins jusqu'à la chambre de Belle. Ils refermèrent la porte juste à temps pour éviter que les ronces en furie n'y pénètrent.

– Dans le bassin d'améthyste, vite ! ordonna Belle.

Maxime, Jean-Baptiste et Tristan plongèrent la Bête dans l'eau bienfaitrice.

– Je n'entends plus sa respiration ! gémit la jeune fille, paniquée.

Sous la pression des plantes déchaînées, la porte se mit à trembler.

Belle se pencha sur la Bête et déchira sa chemise. La flèche était fichée très profond dans son torse.

Attaquant également de l'extérieur, les ronces firent voler en éclats les vitraux de la chambre.

Comme les Tadums, réfugiés sous le lit, poussaient de petits cris affolés, Tristan leur fit signe pour tenter de les rassurer.

Prêt à défendre sa sœur contre les ronces, Maxime dégaina son épée et déclama :

– Allez ! Courage, force et détermination...

Ses frères l'imitèrent et se postèrent devant le bassin, l'épée au clair, tels de preux chevaliers.

Toute préoccupée par l'état de la Bête, Belle ne prêtait aucune attention au chaos environnant. Prenant une profonde inspiration, elle rassembla son courage et tira d'un coup sec la flèche d'or.

La Bête entrouvrit lentement ses paupières de fauve pour la dévisager.

– Nous avons manqué notre dîner, lui fit remarquer Belle.

D'une voix assourdie par la douleur, la Bête répondit :

– Vous dites cela comme si vous le regrettiez...

– Non, il y en aura bien d'autres, assura-t-elle.

La Bête plongea alors ses yeux d'un bleu intense dans ceux de Belle pour lui demander :

– Pensez-vous que vous auriez pu… à force de patience ou peut-être par habitude… Pensez-vous que vous auriez pu… finir par m'aimer ?

Belle se pencha et lui chuchota à l'oreille :

– Je crois que je vous aime déjà.

Une larme pure comme du cristal roula sur sa joue et tomba dans le bassin d'améthyste. Aussitôt, une multitude de points lumineux vint tourbillonner autour du corps blessé, dégageant une lueur féerique. Le carillon se mit à sonner sept heures. Le premier coup ébranla le château tout entier… la vibration se propagea jusqu'à la chambre et au-delà. Les rosiers sauvages se figèrent brusquement, interrompus dans leur entreprise de destruction.

Et sous les yeux émerveillés de Belle, la Bête se changea en prince. Ses poils hirsutes cédèrent la place à une chevelure drue, ses pattes griffues se muèrent en mains puissantes, son corps trapu de fauve s'affina, ses membres se délièrent, son museau félin laissa apparaître un visage rayonnant d'amour, de bonté et de félicité. Seul son regard d'un bleu intense resta tel qu'il avait toujours été, profondément humain et sensible.

C'était le prince qu'elle avait vu dans ses rêves : grand, fort et fier, mais un peu moins arrogant qu'autrefois. Une infinie douceur brillait désormais dans ses yeux. Il prit la main de Belle avec gratitude et la serra dans la sienne. Une femme avait su l'aimer et rompre ainsi la malédiction.

Par son amour, Belle l'avait sauvé.

Épilogue

Dans la petite chambre, le soleil couchant baigne d'une chaude lueur le lit peint de somptueux voiliers. La jeune femme referme doucement le gros livre relié en cuir, effleurant du bout des doigts la rose rouge gravée sur la couverture.

– Bien, l'histoire est terminée. Il est temps de dormir, les enfants.

Virgil, le petit garçon aux joues rondes, se redresse sur son oreiller en protestant vivement :

– Maman, tu ne nous as pas tout raconté ! Et les méchants, que sont-ils devenus ?

– Ah… Ils n'ont pas connu une très jolie fin, je crains que cela ne vous effraie un peu.

– Raconte, maman ! supplie la petite fille, faisant danser ses anglaises blondes autour de son visage.

– D'accord… Les bandits ne sont pas allés bien loin car les géants de pierre se sont écroulés sur eux. Quant à Astrid et Perducas, tandis qu'ils fuyaient, main dans la main, la jeune femme a trébuché et s'est étalée à terre. Sans hésiter un seul instant, Perducas l'a abandonnée à son triste sort. Il ne s'est même pas retourné en l'entendant crier. Elle a été écrasée par le poing de granit d'un géant.

– Oh…, murmure la fillette, impressionnée.

– Et lui alors ? Que lui est-il arrivé ? insiste Virgil.

– Parvenu à la lisière de la forêt, il s'est cru sauvé. Il a jeté un dernier regard vers le château avant de détaler… Seulement, il était bloqué. Ses pieds ne voulaient plus lui obéir. Ils avaient pris racine, au sens propre ! Des ronces ont jailli de son habit, déchirant ses poches pour libérer les joyaux qu'il avait volés. Effaré, il a contemplé ses mains : tout son corps se couvrait d'épines. Il s'est transformé en buisson humain !

Virgil ouvre de grands yeux.

– Ça alors ! Et les petites créatures, les Tadums ?

– Quand la Bête est redevenue prince, ils se sont changés en chiens. Et ils n'ont jamais quitté leurs maîtres depuis, ils sont très fidèles.

– Je parie que Belle et le prince se sont mariés, qu'ils ont vécu heureux et ont eu beaucoup d'enfants, comme dans tous les contes de fées, suppose Fanny. Mais les frères et sœurs de Belle, eux, on sait ce qu'ils ont fait ensuite ?

Leur maman les borde tendrement en poursuivant son récit :

– Ils sont tous repartis s'installer à la ville. Les frères ont ouvert une imprimerie pour éditer les livres de Jean-Baptiste. Quant aux sœurs aînées de Belle, elles ont épousé des jumeaux de bonne famille. Ils se ressemblent tellement qu'elles-mêmes n'ont jamais pu les distinguer !

Virgil éclate de rire.

– Comme ça, elles sont restées ensemble. Et leur père ?

La jeune femme lui caresse la joue.

– Il a monté un commerce de fleurs.

– Ça alors ! s'exclame le petit garçon. Comme notre Papinou !

– Oui, comme votre grand-père, confirme-t-elle en déposant un baiser sur son front.

– Faites de beaux rêves, mes doux anges.

Alors qu'elle se penche sur Fanny pour l'embrasser, la fillette saisit son pendentif. C'est une petite fiole où tourbillonnent de minuscules points lumineux, montée sur un sautoir en perles de corail.

– Maman, ce collier ressemble beaucoup à celui de Belle…

– Ah, crois-tu ?

Sa mère la couve d'un regard malicieux en posant un doigt sur ses lèvres.

– Allez, chut ! Bonne nuit, mes chéris.

Épilogue

– Bonne nuit, maman, la plus Belle de toutes les mamans, chuchotent en chœur les enfants.

Après avoir refermé délicatement la porte, la jeune femme descend l'escalier pour rejoindre un vieil homme assis devant la fenêtre. Il contemple le jardin, entièrement fleuri de somptueuses roses rouges.

– Les petits dorment, ma Belle ?

– Oui, père. Ils ont beaucoup aimé notre histoire, je crois.

Elle s'éclipse alors dans le jardin, entourée d'une meute de chiens aussi facétieux que les Tadums.

Son père sourit en la voyant enlacer tendrement son bien-aimé au milieu des roses rouges. Le vieil homme est heureux : autour de lui tant de vie, tant de roses…

Le prince – car c'est lui ! – se penche sur Belle – car c'est elle ! – et l'embrasse avec passion. Tandis qu'ils contemplent le soleil couchant, au loin, un clocher égrène sept coups…

Le papier de cet ouvrage
est composé de fibres naturelles,
renouvelables, recyclables
et fabriquées à partir de bois
provenant de forêts plantées et cultivées
expressément pour la fabrication
de pâte à papier.

ISBN 978-2-07-065826-8
Loi n° 49-956 du 16 juillet 1949
sur les publications destinées à la jeunesse
Maquette : Françoise Pham
N° d'édition : 261571
Imprimé en Italie sur les presses de Grafica Veneta
Dépôt légal : janvier 2014